Sarah-Lyne Ishikawa

Entre les bras d'un tueur !

Mentions légales

Le Code français de la propriété intellectuelle interdit les copies ou reproductions destinées à une utilisation collective. Toute représentation ou reproduction intégrale ou partielle faite par quelque procédé que ce soit sans le consentement de l'auteur ou de ses ayants droit ou ayants cause, est illicite (alinéa 1er L.122-4) et constitue une contrefaçon sanctionnée par les articles 425 et suivants du Code pénal.

Ce récit est une pure fiction. Toutes ressemblances avec des personnages connus ou des faits similaires seraient purement fortuites.

CHAPITRE 1

L'agent referma doucement la portière, comme s'il craignait de réveiller les ombres tapies dans le sous-sol du commissariat. Kai Haneda, les mains tremblantes, attacha sa ceinture non sans avec difficulté. Son cœur battait si fort qu'il avait l'impression qu'on pouvait l'entendre résonner dans tout l'habitacle.

— Eh, c'est parti ! lança joyeusement l'agent en démarrant un peu trop brusquement.

Le jeune homme fut plaqué contre le siège arrière. Il soupira, le regard perdu derrière la vitre embuée. Le parking souterrain semblait étouffer la lumière, comme si le monde extérieur n'existait plus. Il avait peur. Une peur viscérale, paralysante. Que lui arriverait-il maintenant ? Mourir ? C'était presque une certitude. Ce n'était qu'une question de temps… le temps qu'ils le retrouvent.

— Vous n'avez plus rien à craindre, dit l'agent d'un ton qui se voulait rassurant. Je vous conduis dans un lieu sûr.

— Si vous le dites… murmura Kai, sans y croire.

Il était convaincu d'être condamné. Son nom devait déjà figurer sur une liste noire, celle des témoins à éliminer. Lui, simple citoyen sans histoire, n'aurait jamais imaginé se retrouver au cœur d'un tel cauchemar.

— Ce n'est pas tous les jours qu'on a un témoin capable de faire tomber le plus grand malfaiteur du pays ! s'enthousiasma l'agent.

— Facile à dire quand ce n'est pas vous qu'on cherche à abattre, répliqua Kai.

— Bah, il ne sait même pas que vous l'avez vu ! Le temps qu'il s'en rende compte, on sera loin. Heureusement que vous n'avez pas de famille, sinon il aurait fallu tous les protéger aussi ! Ce type… il ne laisse rien derrière lui. Et parfois, c'est plus que sanglant.

— C'est censé me rassurer ? demanda Kai, le regard vidé.

Le policier parlait de son histoire avec une légèreté déconcertante, comme s'il annonçait la météo. Kai se sentait seul. Vraiment seul. Oui, il n'avait plus personne depuis longtemps. L'orphelinat, son tuteur, les cours… c'était tout ce qu'il avait connu. Il était devenu indépendant depuis peu, avait obtenu un logement à lui, travaillait dans une petite entreprise. Et maintenant, tout cela risquait de s'effondrer.

Il maudit ce soir où il était sorti tard pour acheter à manger. Ce soir où il avait vu deux hommes se faire abattre par un certain Wong, un nom qu'il ignorait totalement jusque-là.

Depuis, il vivait dans la terreur. Cauchemars, sursauts, sueurs froides… Chaque nuit, le visage de Wong revenait le hanter.

Le véhicule s'engagea dans les rues sombres de la ville. Kai posa sa tête contre la vitre froide, espérant que le mouvement de la voiture l'emporte loin de ce cauchemar. Mais il savait que ce n'était que le début. Le début d'un long cauchemar.

Kai sursauta lorsque la voiture freina brusquement. L'agent venait de se garer sur le bas-côté, sans prévenir.

— Je vais chercher de quoi manger. Tu restes là, compris ? Sinon, je ne donne pas cher de ta peau, lança-t-il avec un sourire moqueur.

Sans attendre de réponse, il sortit en courant vers un petit magasin de plats à emporter. Kai resta figé, le cœur battant. Était-ce vraiment réglementaire de le laisser seul ainsi ? Était-ce ainsi que l'on protégeait les témoins d'un meurtre ? Il soupira.

— Comme si j'allais m'enfuir… Où irais-je de toute façon ? Je n'ai personne. Je suis foutu.

Il se recroquevilla sur le siège, les bras serrés contre lui. Le discours du policier était contradictoire. D'un côté, il lui promettait sécurité, de l'autre, il lui rappelait sans cesse qu'il était une cible. Quelques minutes plus tard, l'agent revint, lui tendit un sandwich, et reprit la route en mangeant tranquillement.

Kai se força à manger lui aussi, par petites bouchées. Ce repas, peut-être le dernier, lui fit étrangement du bien. Un semblant de normalité dans ce chaos indescriptible.

— Que savez-vous de Wong ? demanda soudain Kai.

— On dit que c'est un beau gosse. D'après les photos, c'est vrai. Originaire de Chine ou de Corée, personne ne le sait vraiment. Mais il est impliqué dans tout : armes, drogue, prostitution, meurtres… Si quelqu'un le gêne, il l'élimine. Simple et efficace. Le chef de police récemment abattu du secteur nord ? On pense que c'est lui !

Kai regretta aussitôt sa question. Il se sentait encore plus condamné. Mais l'agent poursuivit :

— Il a un seul ennemi : Yu Oguri. Un autre criminel, discret, insaisissable. Ils se détestent depuis toujours. L'un des hommes tués appartenait sûrement à Oguri. Il va riposter. C'est sûr ! Et ça va faire des étincelles.

La voiture quitta la ville. La route était sombre, bordée d'arbres silencieux. Kai posa sa tête contre la vitre, tentant d'apaiser les battements affolés de son cœur. Il ferma les yeux… et s'endormit enfin.

Un choc brutal le réveilla. La voiture fit une embardée, des coups de feu éclatèrent. Kai vit des véhicules noirs barrer la route. Le policier ne bougeait plus. Puis tout bascula : tonneaux, cris, verre brisé. Quand Kai reprit ses esprits, il était suspendu à l'envers dans la carcasse de la voiture. Il se détacha, se cogna, rampa hors du véhicule.

Il jeta un bref coup d'œil à l'agent. Le policier avait un trou au milieu du front. Kai resta figé. Encore un meurtre. Encore du sang. Ça n'en finissait pas….

Des balles sifflèrent autour de lui. Kaise mit à courir, trébucha, glissa dans la forêt humide. Une chaleur étrange lui brûla l'épaule. Il ne s'arrêta pas pour autant. Il courait pour sa vie.

Kai trébucha une nouvelle fois et s'étala de tout son long sur le sol détrempé par la pluie de la veille. Ses vêtements étaient maintenant trempés, sa respiration haletante. Derrière lui, les balles continuaient de ricocher, sifflant à ses oreilles comme des avertissements mortels.

Il s'attendait à mourir. Et pourtant, il courait. Il courait pour sauver sa vie. Désespérément. Comme si son corps refusait de céder. Il se releva, les jambes flageolantes, et repartit en titubant. Les tirs redoublèrent. Il se boucha les oreilles, paniqué, cherchant une issue dans cette obscurité. Les éclairs des armes illuminaient brièvement les arbres, révélant des silhouettes bien indistinctes.

Pourquoi autant de tirs juste pour lui ? Pourquoi n'était-il pas encore mort ? Était-ce un jeu cruel ? Une mise en scène ?

Soudain, une ombre se dressa devant lui. Kai s'arrêta net, le souffle coupé. L'homme pointait une arme sur lui. Kai ferma les yeux… mais le coup partit derrière lui. Un corps s'effondra. Quand il rouvrit les yeux, l'homme avait disparu.

Il n'eut pas le temps de réfléchir. D'autres silhouettes surgirent tout près de lui. Il fit volte-face, courut autant qu'il put, se retourna… et percuta de plein fouet une masse sombre. Le choc violent le projeta littéralement au sol. Son crâne heurta la terre humide. À moitié sonné, il sentit des mains le relever sans ménagement.

Devant lui se tenait un homme au visage sévère, plus âgé, les cheveux longs attachés à l'arrière. Un regard perçant, une beauté froide. Kai pensa aussitôt à ces personnages de manga qu'il lisait la plupart du temps, beaux et dangereux à la fois.

— Ce n'est pas un type de Wong, constata un homme armé en rechargeant.

— Non, répondit l'inconnu, le regard toujours fixé sur Kai. Ils n'embauchent pas encore des gosses, à ce que je sache.

Il écarta doucement une mèche trempée du visage de Kai. Celui-ci tremblait, incapable de parler. Une question surgit dans son esprit.

— Yu Oguri ? murmura-t-il.

L'homme haussa un sourcil, ne cachant pas sa surprise. Kai sentit ses jambes céder. Il avait du sang sur les mains. Beaucoup trop.

Des hommes armés encerclèrent la scène. Kai était au milieu. Il allait mourir dans un règlement de comptes.

Mais alors, il le vit. Une autre silhouette, tout aussi grande, tout aussi belle. Des cheveux longs, un regard glacial. Kai le reconnut aussitôt : Wong. Son regard transperçait l'obscurité.

— On se retrouvera ! lança Wong.

— J'y compte bien ! répondit Oguri. Ton crime ne restera pas impuni !

Les sirènes de police retentirent au loin. Wong s'éloigna, laissant Kai tremblant, à genoux.

— Il a pris une balle, dit un homme. Deux autres l'ont visiblement effleuré ! On peut dire qu'il a eu beaucoup de chance de ne pas ressembler à un gruyère !

Kai se releva lentement, les mains ensanglantées, le regard perdu. Il venait de survivre à l'enfer. Oui, mais à quel prix ?

Une douleur fulgurante lui traversa l'épaule droite. Lorsqu'il baissa les yeux, il vit le rouge vif qui s'étendait sur sa veste. Il avait été touché. Une balle. Son cœur s'emballa, ses jambes fléchirent. Il tomba à genoux, incapable de se relever.

Sa respiration devint saccadée, bruyante. Un froid glacial s'empara de lui, le faisant trembler de tout son corps. Il ne contrôlait plus rien. Son corps semblait se dissocier de son esprit.

Avant qu'il ne s'effondre, une silhouette sombre le rattrapa. Kai sentit des bras puissants le maintenir. Une chaleur inattendue l'enveloppa. Une odeur boisée, apaisante. Il se laissa aller, incapable de résister. S'il devait mourir ainsi, soit…

— Il fait une crise ! cria une voix. Vite, la seringue !

Kai vit un homme s'approcher, ouvrir une sacoche. Il se débattit, paniqué dans un ultime effort. Il était dans les bras d'un tueur. Mais l'homme le serra doucement, bloquant ses gestes sans brutalité. Kai sentit l'injection, à peine. Sa respiration se calma. Son corps cessa de trembler.

« C'est une belle mort », pensa-t-il, avant de sombrer dans le néant.

Il sentit vaguement qu'on le transportait. Une voiture. Sa tête reposait sur les jambes de l'homme en costume noir. Une couverture sur lui. Des mains chaudes contre sa peau. Puis, plus rien.

Des voix flottaient dans le noir.

— Il récupère. Il devait manquer de sommeil.

— Pourquoi t'intéresses-tu à lui, Yu ?

— Je ne sais pas… Son regard. Il était avec un policier. Protection de témoin, sans aucun doute. Plutôt discret. Et personne n'en parle. Cela semble récent. Important.

— Il a eu de la chance ! dit une autre voix. Courir au milieu d'un champ de tir… et s'en sortir avec une seule balle ? C'est un vrai miracle !

Kai replongea dans le silence.

Quand il ouvrit les yeux, un visage penché sur lui le fit sursauter.

— Tu es enfin réveillé, dit simplement Yu, en s'asseyant à côté.

Kai le fixa, terrifié. Il n'était pas mort. Et il était chez Yu Oguri.

Un médecin en blouse blanche changea sa perfusion.

— Il ne parle pas, constata Yu.

— C'est normal. Il doit probablement être encore en état de choc.

Kai se demanda pourquoi on le soignait. Pourquoi cet homme l'avait sauvé. Ne devait-on pas le tuer ?

Il se rendormit.

À son réveil, Yu était là, endormi dans un fauteuil. Vêtu d'un kimono traditionnel, sa longue chevelure attachée avec soin. Kai le regarda, totalement troublé. Il était beau. Terrifiant, mais vraiment beau.

« Il doit avoir beaucoup de maîtresses », pensa-t-il, malgré lui.

Pourquoi l'avoir sauvé ? Pourquoi l'avoir gardé en vie ?

Il était entre les mains d'un tueur. Et pourtant… il se sentait en sécurité pour la première fois de sa vie.

Kai se demandait si être ici était vraiment une chance. Wong finirait par le retrouver, peu importe où il se cachait. Et Yu Oguri… que voulait-il vraiment ?

Il ne pouvait toujours pas bouger. Sa tête tournait au moindre mouvement. Il ferma les yeux, résigné, et se rendormit.

Le lendemain, il se réveilla avec une douleur sourde à l'épaule, mais son corps semblait moins lourd. Une voix grave brisa le silence.

— Je suis Yu Oguri. Tu es actuellement dans ma résidence privée.

Kai tourna lentement la tête. Yu était là, vêtu d'un kimono sombre, toujours aussi imposant.

— Tu t'es retrouvé au milieu d'un règlement de comptes entre clans ennemi. L'agent de police qui t'accompagnait… il n'a pas survécu. J'aimerais savoir où il t'emmenait. Pourquoi cette route isolée, à cette heure ?

Kai ne répondit pas. La peur lui nouait la gorge. Yu l'avait tutoyé. Était-ce du mépris ? Ou une manière de le considérer comme un gamin sans défense ?

— Ce n'est pas grave si tu ne parles pas. Je finirai par découvrir la vérité de toute façon. C'est juste une question de temps.

Yu quitta la pièce. Il revint un peu plus tard avec un plateau-repas. Kai ne bougea pas.

— Il faut manger. Sinon, tu ne guériras pas.

Leurs regards se croisèrent. Kai ne vit ni menace, ni colère. Juste… une étrange douceur. Cela le troubla.

— Alors ? Tu veux que je te nourrisse comme un bébé ? Je te préviens, je n'ai aucune expérience.

Kai se redressa lentement, malgré les vertiges. Yu posa le plateau sur le lit. Kai mangea, lentement, en silence. Comme un animale apeuré. Il ne comprenait pas. Pourquoi cet homme l'avait-il sauvé ? Pourquoi le traiter avec autant de soin ?

Quand il eut terminé, Yu reprit le plateau.

— Bien. Repose-toi. On parlera plus tard !

Les jours passèrent. Kai gardait toujours le silence. Yu ne s'en offusquait jamais. Il revenait, posait des questions, repartait sans insister. Il n'avait jamais haussé le ton. Jamais levé la main.

Kai n'avait aperçu que Yu et le médecin. Ce dernier changeait ses bandages, révélant une blessure impressionnante. Une balle perdue. En plein milieu d'un règlement de compte et pourtant, il avait survécu. Un miracle. Un vrai miracle.

Quelques jours plus tard, on lui retira sa perfusion. Cette nuit-là, Kai tenta de se lever. Il dut s'y reprendre à plusieurs reprises. Il ouvrit la porte de sa chambre… et découvrit, avec surprise, qu'elle n'était même pas verrouillée. Était-il prisonnier ?

Kai sortit pieds nus, vêtu d'un kimono pastel qu'on lui avait fait enfiler. L'air nocturne était frais, presque mordant. Il fut surpris de trouver sans difficulté la porte menant à l'extérieur. Aucune serrure. Aucun garde. Un silence étrange régnait en ce lieu.

Il marcha lentement dans le jardin, faisant le moins de bruit possible. Le domaine semblait immense, presque irréel. Il cherchait une issue, une faille dans ce décor trop parfait. Il finit par se retrouver face à un mur haut de plusieurs mètres. Il posa une main contre la pierre froide, comme pour se rassurer, et se mit à le longer.

Ses vertiges revenaient. Il vacillait, mais continuait d'avancer. Il ne savait pas ce qu'il ferait s'il parvenait à sortir. Rejoindre la police ? Recommencer à fuir ? Être de nouveau enfermé ?

Des cris retentirent soudain. Il accéléra le pas, persuadé qu'on avait découvert sa fuite. Il se mit à courir, s'écorchant les pieds sur les graviers. Tout à coup, il fut stoppé par une lumière vive qui l'aveugla totalement.

— Il est là ! cria une voix.

Kai se figea, clignant des yeux, une main levée pour se protéger. Des hommes armés approchaient. Il était transi de peur. Cette fois, c'était la fin. Il soupira. Il espérait que ce soit rapide. Il en avait assez. Assez de trembler, de survivre. Assez de vivre avec cette terreur incessante.

Il tomba à genoux, complètement vidé.

Une silhouette s'approcha. Grande. Sombre. Kai la reconnut aussitôt : Yu Oguri, dans son costume noir. Il marchait tout droit dans sa direction, le regard fixé sur lui. Mais il ne semblait pas en colère. Non, curieusement Kai crut même déceler… de l'inquiétude dans ses yeux.

— Tu n'es pas encore en état de te promener, dit Yu d'une voix calme. Pas encore.

Sans attendre, Yu le souleva dans ses bras, comme si le jeune homme ne pesait rien. Kai sentit de nouveau cette chaleur. Ce parfum discret, boisé, presque familier. Sa tête reposa contre la poitrine de Yu. Il entendit les battements de son cœur, réguliers, puissants.

Il avait froid. Il avait mal. Mais cette chaleur… cette odeur… le berça, l'enivra complètement.

Il ferma les yeux.

Et ce fut tout ce dont il se souvint de cette nuit-là.

.

CHAPITRE 2

— Monsieur Oguri ! Vous devriez venir voir ça ! interpella Asano, son majordome.

Oguri le rejoignit rapidement dans le salon. Le poste de télévision diffusait les images d'un lieu qu'il reconnut aussitôt : l'endroit où les tirs avaient éclaté entre ses hommes et ceux de Wong. Une jeune journaliste parlait avec gravité.

« Il semblerait qu'un règlement de comptes ait eu lieu entre deux des groupes les plus redoutés du secteur. D'après les traces relevées sur place, de nombreux tirs ont été échangés. Un véhicule de police a été retrouvé criblé de balles. Le chauffeur aurait perdu le contrôle et aurait été atteint par une balle perdue. Nous sommes toujours sans nouvelle du jeune passager qu'il transportait : Kai Haneda, qui venait d'être placé sous haute protection. Son corps reste introuvable, mais des indices suggèrent qu'il aurait été blessé. La police soupçonne qu'il ait été enlevé par l'un des deux clans. Les autorités se montrent pessimistes quant à son sort. Les membres de ces organisations ne s'embarrassent généralement pas de témoins gênants. Il serait étonnant que le jeune Kai soit encore en vie. »

Asano éteignit le téléviseur et se mit à préparer le thé. Oguri s'installa dans un fauteuil, pensif.

— Alors voilà comment il s'appelle, murmura-t-il. Kai Haneda…

— Il était bien sous protection policière, confirma Asano. Vous aviez raison. Curieux que ce policier était seul avec lui.

— Donc, il est témoin de quelque chose. Probablement du meurtre de l'un de mes hommes. Mais qui était le second ?

— Vous pensez qu'il a tout vu ?

— C'est plus que probable. Et ça explique pourquoi il semble si terrorisé en ma présence. Il a dû entendre parler de moi… par la police.

Oguri prit la tasse que lui tendait Asano. Le liquide chaud dégageait une odeur apaisante, mais son esprit restait agité.

— Ce n'est vraiment pas de chance que leur seul témoin nous tombe entre les mains, dit Asano. Qu'allez-vous faire de lui maintenant ?

— S'il sort d'ici, Wong le retrouvera. Et il s'occupera de lui personnellement. Ce jeune Kai est devenu son ennemi numéro un. Et les ennemis de Wong… sont de ce fait mes alliés.

— Après sa tentative d'évasion, je doute qu'il reste tranquille.

— Faites des recherches sur lui. Je veux tout savoir. Il doit être seul. Totalement terrifié. Il sait parfaitement qui je suis. Ce ne sera pas simple de l'apprivoiser.

Asano hésita, puis demanda :

— Ce jeune homme vous attire ?

Oguri ne répondit pas tout de suite. Il fixait sa tasse, comme si le fond du thé pouvait lui offrir une réponse.

— Je ne sais pas. Depuis que je l'ai rencontré… son regard… quelque chose a changé.

— Mais il ne vous fera pas confiance ! Il a dû entendre des horreurs sur vous. Et il vous a vu à l'œuvre. Ne l'oubliez pas. Si en plus, il a assisté à un meurtre de la part de Wong… Il doit avoir une piètre opinion des gens de notre espèce.

— Il faudra lui du temps. En effet. Beaucoup de temps.

— Et Wong ? Il ne vous lâchera pas.

— Il ne m'a jamais lâché. Cette guerre a commencé le jour où il a fait tuer mon père. Elle ne se terminera que par la mort de l'un de nous deux.

— Que fait-on pour Kai ?

— Mettez-le sous surveillance. Il ne doit pas sortir. Sous aucun prétexte. Wong saura qu'il est ici bien assez tôt. Ce n'est qu'une question de temps avant qu'il ne l'apprenne. Il devinera pourquoi je ne l'ai pas tué. Il voudra me le prendre. Et ensuite… se venger.

— Je vais doubler la garde. Mais vous devriez vous mettre au vert. Cela vous permettrait aussi de… mieux le comprendre.

— Il me reste une chose à faire avant.

Asano posa le service à thé et s'éclipsa. Oguri resta seul, perdu dans ses pensées.

Il repensa à ce moment où il avait pris Kai dans ses bras. Ce corps frêle, cette chaleur inattendue. Cela faisait longtemps qu'il n'avait rien ressenti de tel. Était-ce un coup de foudre ? Une fascination ? Il ne le savait pas. Mais depuis, il allait souvent le voir, même lorsqu'il dormait. Il ne comprenait pas ce qu'il voulait vraiment. Kai ressemblait à un petit animal blessé, apeuré. Le relâcher serait le condamner à mort. Car même la police ne pourrait rien contre Wong.

Dix ans. Dix ans que Wong et lui étaient devenus les pires ennemis. Avant cela, ils étaient comme des frères. Inséparables. Et puis, tout avait basculé. La trahison. Le sang. Les morts. Trop de morts. La violence appelait la violence. Et Kai… Kai était maintenant se retrouvait au cœur de cette guerre.

Oguri se leva. Il devait le voir. Encore une fois. C'était devenu un besoin. Un besoin vital même !

Kai avait été déplacé dans une autre chambre, sous surveillance constante. Comme il s'y attendait, il le trouva prostré dans un coin, les genoux repliés contre lui, le regard fuyant.

Oguri s'assit dans le fauteuil en face, silencieux.

— Je t'avais dit que ce n'était pas grave si tu ne répondais pas. Je finis toujours par obtenir ce que je veux. C'est une question de temps. Je sais maintenant qui tu es, Kai Haneda. Et bientôt, je saurai tout de toi.

Kai ne bougea pas. Mais Oguri sentit son corps se raidir.

— Tu as été témoin d'un meurtre. Celui d'un de mes hommes. Et d'un autre… que je ne connaissais pas. Mais Wong, lui, il savait. Tu allais être placé sous protection. Et voilà où tu en es. Ta seule chance de survie maintenant, c'est de rester ici. Avec moi.

Il se pencha légèrement, adoucissant sa voix.

— Je ne te ferai aucun mal, jeune Kai. Je veux que tu le comprennes. Je ne suis pas ton ennemi.

Mais Kai ne répondit toujours pas. Oguri se redressa lentement. Il savait que les mots ne suffiraient pas. Il faudrait aussi des gestes. De la patience. Et peut-être… un peu de tendresse. Beaucoup de tendresse même…

— Tu peux essayer de t'échapper autant que tu voudras, dit Oguri d'un ton calme. Mais je te retrouverai. Et je te ramènerai en vie. Enfin… si tu arrives à passer mes gardes.

Il s'approcha lentement, son regard sombre mais sans menace.

— Sache que je n'ai aucune intention de te tuer, ni de te torturer, ni de te faire subir quoi que ce soit.

À toi de méditer là-dessus. Je devine parfaitement le portrait qu'on a dû te faire de moi. Je ne vais pas te mentir : je ne suis pas un ange. Je fais ce que je dois faire en tant que chef de clan. Mais je suis loyal. Et je tiens toujours parole.

Sans attendre de réponse, Oguri se leva et quitta la pièce.

Kai resta figé. Ses mains tremblaient. Il les glissa entre ses jambes, tentant de calmer les secousses. Il n'arrivait plus à se contrôler. Il était prisonnier dans la résidence d'un homme réputé pour être l'un des plus dangereux du pays. Et pourtant… cet homme lui offrait sa protection. Pourquoi ?

Il n'était rien. Juste un garçon banal, sans famille, sans histoire. Un simple civil qui n'avait jamais côtoyer ce milieu. Depuis sa tentative d'évasion, il était sous surveillance constante. Un garde stationnait derrière la porte. Prêt à la moindre alerte. Kai se recroquevilla davantage. Les larmes coulèrent sans qu'il puisse les retenir. Il voulait que tout s'arrête. Il voulait tout simplement disparaître.

Peut-être qu'en tentant une nouvelle fuite, ils le tueraient. Ce serait enfin terminé.

Il se leva lentement, essuya ses larmes avec la manche de son kimono, et tendit l'oreille. Silence. Pas un bruit dans le couloir. Il se dit que mourir pour mourir…

Il ouvrit brusquement la porte et s'élança. Des cris retentirent aussitôt. Il courut, pieds nus, jusqu'à l'extérieur. Mais à peine avait-il franchi le seuil qu'il se retrouva face à Oguri.

Le regard de celui-ci était impénétrable.

— Tu me sembles bien en forme, dit-il simplement.

D'un geste, il fit signe à ses gardes. Kai fut saisi par les bras avec douceur et fut reconduit tranquillement et sans brusquerie dans sa chambre. Cette fois, il comprit : il ne partirait pas. Mais ils ne semblaient pas vouloir le tuer non plus. Cet homme avait tenu parole.

Kai se recroquevilla dans un coin, en boule, et pleura en silence.

Plus tard, quand Oguri entra doucement dans la chambre. Kai dormait, épuisé. Il s'approcha, déposa une couverture sur lui, et ressortit sans bruit.

Dans le salon, Asano l'attendait.

— Alors ? demanda-t-il.

— Il dort.

— Il a compris que vous ne lâcherez pas. Maintenant, il faut qu'il comprenne qu'il ne risque rien ici. Ça prendra encore un peu de temps.

— Je sais.

— J'ai fait des recherches sur ce Kai Haneda. C'est un garçon sans histoire. Il a grandi dans un orphelinat. Il est indépendant depuis peu. Il travaillait dans une petite entreprise d'informatique. Pas de famille. Il est totalement seul.

— Et pour la voiture de police ?

— Une taupe m'a confirmé qu'il a été témoin d'un meurtre. Par Wong en personne. Il devait être mis sous protection ce soir-là. Le chauffeur était un agent. Ils ne s'attendaient pas à croiser notre route. Tout ça… c'est un pur hasard.

— Et Wong ?

— Il connaît l'identité du témoin maintenant. Et il sait que Kai est entre vos mains. Il va tenter quelque chose. C'est sûr. Il sait pertinemment que vous ne le livrerez pas à la police.

— Mettez la résidence sous haute surveillance. Et préparez le transfert.

— Entendu. Et pour Kai ?

— Prenez les dispositions nécessaires.

Le lendemain, le transfert eut lieu. Asano avait glissé un somnifère dans le repas de midi. Kai s'était endormi rapidement. Il fut transporté dans une autre résidence, perchée en hauteur, loin de la ville. Un lieu discret, sécurisé, entouré de gardes armés.

Kai ne se réveilla que le lendemain. Il sursauta en voyant Oguri près de son lit.

— Pour ta sécurité, nous avons changé de lieu, dit Oguri. Tu peux te promener librement dans la maison. Mais tu ne dois pas sortir à l'extérieur. Sous aucun prétexte !

Kai le fixa, les yeux encore embués de sommeil.

— Vous devriez me tuer, murmura-t-il.

Oguri resta figé sur le moment. Avait-il bien entendu ? Kai avait parlé ? Oguri ne s'attendait pas à une réponse. Encore moins à celle-là.

Le chef de clan tenta de rester calme, malgré son cœur qui battait la chamade.

— Je te l'ai déjà dit. Je ne te tuerai pas. Et je ne te ferai aucun mal. Nous avons récupéré quelques affaires personnelles venant de ton ancien appartement. Ton bail a été annulé. Tes biens sont en lieu sûr. Désormais tu vivras avec moi.

Il se leva et quitta la chambre.

Kai posa les yeux sur un grand carton dans un coin. Il se leva lentement, l'ouvrit. Des livres. Des romans. Des mangas. Il les reconnaissait tous. Il en prit un, le serra contre lui. C'était un cadeau d'un ancien éducateur. Un amour à sens unique. Mais un souvenir précieux.

Il se recoucha avec le livre dans les bras.

Comment Oguri pouvait-il savoir que ces livres comptaient autant pour lui ? Il n'en avait que quelques-uns, achetés avec ses premiers salaires. Et pourtant… ils étaient là. Ce n'était peut-être que de simples bouts de papier assemblés, mais pour lui, c'était toute sa vie.

Kai se rendit compte qu'il n'avait plus peur.

Il ne comprenait pas pourquoi il se sentait soudain apaisé. Était-ce la présence de ses livres ? Cette odeur familière du papier, ce silence bienveillant ? Il reprit son roman préféré, celui qu'il avait lu des dizaines voire des de fois. Tourner les pages, sentir leur texture, retrouver les mots… cela le réconfortait plus que tout.

Le soir même, en se réveillant d'une sieste, il découvrit d'autres livres posés sur la table. Neufs. Des romans et deux mangas qu'il avait notés sur une liste accrochée à son réfrigérateur. Ces futurs achats. Il les feuilleta lentement, les doigts tremblants. Ils avaient retrouvé cette liste. Ils avaient pensé à lui.

Il ne fut pas surpris de voir Oguri entrer après le repas. Il venait chaque soir, comme une habitude silencieuse.

— Je vois que tu as trouvé les nouveaux livres, dit Oguri en s'asseyant. J'ai pensé que tu devais t'ennuyer.

Kai le fixa un instant, puis demanda :

— Pourquoi m'avoir sauvé ?

Oguri sembla surpris sur le moment. Avait-il enfin établi un contact ? Il semblerais… Mais il fut ravi que celui-ci lui adresse enfin la parole.

— Pour être honnête… je ne sais pas vraiment.

— Je suis l'ennemi de votre ennemi. C'est pour ça ?

— En partie. Je ne te le cache pas. Je sais que tu as vu Wong tuer l'un de mes hommes. Et je sais qu'il te traquera pour ça.

— Vous semblez bien le connaître.

— Mieux que quiconque.

Kai baissa les yeux.

— Je vais vous apporter plus d'ennuis qu'autre chose.

— C'est possible. Mais j'accepte le défi.

— Défi ? C'est de ma vie qu'il s'agit !

— Justement. Wong ne te tuera pas. Mais…

— Mais quoi ?

— Il pourrait vouloir te prendre comme amant. Rien que pour me faire rager.

Kai se figea.

— Comme amant ? Mais je suis un homme !

Il ne comprenait pas pourquoi cette phrase lui avait échappé.

— Deux hommes peuvent s'aimer, Kai. Et je ne te croirai pas si tu prétends le contraire.

Oguri le regarda avec insistance. Kai détourna les yeux, troublé. Avait-il deviné pour cet éducateur ? Celui qu'il avait aimé en silence ? Il n'en avait jamais parlé à personne. Ou avait-il compris tout simplement à travers les Shonen Ai qu'il lisait ?...

— Je vois qu'on s'est bien compris, dit Oguri en se levant.

Kai resta seul. Mais cette fois, il n'avait plus peur. Il prit l'un des nouveaux livres et se mit à lire. C'était tout ce qu'il pouvait faire. Et, étrangement, cela lui plaisait.

Les jours passèrent. Kai parlait peu, mais attendait chaque soir la visite d'Oguri. Il ne voulait pas l'admettre, mais il guettait ses pas dans le couloir. Il aimait cette odeur qui restait flottante dans la pièce après son passage. Cela le réconfortait. Oguri lui apportait des livres, lui parlait sans jamais le brusquer. Il ne cachait rien de ce qu'il était. Et cela étonnait Kai. Se pouvait-il qu'un homme comme lui ait un code d'honneur ?

Kai réalisait qu'il ne connaissait rien à ce monde. Rien aux clans, aux guerres souterraines. Il avait grandi bien loin de tout ça. Il n'avait jamais vraiment vécu. Il ne connaissait rien de la vie. Il n'osait pas sortir de sa chambre. Voir des hommes armés lui rappelait trop de choses. Alors, il lisait. Il regardait le paysage. Il rêvait.

Un soir, ce fut Asano qui lui apporta son repas. Kai ne demanda rien. Oguri devait être occupé. Il avait passé beaucoup de temps avec lui ces derniers jours. Il devait sans doute rattraper ses affaires.

Mais le lendemain, Oguri ne vint pas non plus. Et le jour suivant, il fut encore absent.

Kai sentit une boule se former dans son ventre. Les gardes semblaient nerveux. Quelque chose clochait.

Le soir venu, il décida de sortir. Lentement, en silence. Le couloir était vide. Il avança, inspecta les pièces. Rien. Il entendit des voix. Des pas. Il entra précipitamment dans une chambre voisine.

Et là, il s'arrêta.

Une chambre décorée avec soin. Des étagères pleines de livres. Et sur le lit, un kimono sombre.

Le kimono d'Oguri.

Kai s'approcha. Le prit. Le sentit. Cette odeur… celle qu'il avait perçue lors de leur première rencontre. Bois, épices, quelque chose d'indéfinissable.

— Qu'est-ce que je fais ? murmura-t-il, honteux. On dirait une fille qui attend son prince…

Des pas dans le couloir. Il paniqua. Se glissa dans le lit, entraînant le kimono avec lui. Un garde ouvrit la porte, jeta un œil, referma.

Le cœur de Kai battait à tout rompre. Il tremblait. Il se recroquevilla dans le peignoir, cherchant cette odeur rassurante. Et, sans s'en rendre compte, il s'endormit.

Dehors, c'était la panique.

— Il n'est pas sorti, confirma un garde. Les caméras extérieures n'ont rien détecté.

— Il ne quitte jamais sa chambre, dit Asano. C'est étrange.

— Continuez à le chercher !

Oguri entra dans sa propre chambre. Il se mit à sourire en voyant la bosse sous les draps.

— Je crois que je l'ai trouvé, dit-il doucement.

— On peut le ramener, proposa un garde.

— Non. Je vais m'en occuper.

— Vous devez vous reposer, insista Asano.

— Ne vous inquiétez pas. Il ne sait même pas où il est. Et je ne compte rien tenter avec lui. Pas encore du moins.

Oguri entra sans allumer la lumière. Il s'approcha du lit, s'assit doucement sur le bord. Kai dormait profondément, le visage apaisé, enfoui dans le tissu.

Oguri resta là, silencieux, à l'observer.

Il n'avait jamais vu quelqu'un dormir ainsi dans son lit.

Et pourtant, il n'avait jamais ressenti une telle paix.

CHAPITRE 3

Kai avait soudain chaud. Trop chaud. Une respiration douce effleurait son visage. Il ouvrit brusquement les yeux et poussa un hurlement. En reculant, il s'emmêla dans le kimono d'Oguri, trébucha et se retrouva au sol. Oguri, allongé à côté de lui, totalement nu, ouvrit les yeux et le regarda en souriant.

— Non mais ça ne va pas ?! cria Kai en se relevant tant bien que mal. Vous êtes dans mon lit ! Je suis un homme et… Vous êtes nu…

— Kai… Au cas où tu ne l'aurais pas remarqué, c'est toi qui es dans ma chambre. Dans mon lit, avec mon kimono par-dessus le marché, répondit Oguri en riant doucement.

Kai devint rouge cramoisi. Les souvenirs de la veille lui revinrent en mémoire. Il se leva brusquement, manqua de tomber, se précipita vers la porte, l'ouvrit, sortit, et la claqua.

Oguri se redressa, totalement hilare. Il alla directement se doucher, mais sursauta lorsque la porte s'ouvrit à nouveau. Kai entra, jeta le kimono sur le lit, puis poussa un cri de stupeur en voyant Oguri encore nu. Il ressortit aussitôt, rouge comme jamais, et claqua la porte une seconde fois.

Le garde posté à l'entrée ne bougea pas d'un cil.

Kai courut jusqu'à sa chambre, le cœur battant, les pensées en désordre.

Oguri, lui, éclata d'un rire franc. Cela faisait longtemps qu'il n'avait pas ri ainsi. Il se sentait léger, presque heureux. Après une douche rapide, il rejoignit Asano dans le salon.

— Il s'est passé quelque chose hier soir ? demanda le majordome en servant le petit-déjeuner. Il m'a semblé entendre crier ce matin.

— Rien de grave, répondit Oguri en croquant dans une tartine. Il a dormi dans mon lit. Enveloppé de mon kimono. Et ce matin, il m'a reproché de dormir dans son lit. Il m'a vu… disons… dans mon plus simple appareil.

— Oh ! fit Asano en riant. Deux chocs en une nuit ! Il a dû être bouleversé.

— Je ne sais pas pourquoi il est venu dans ma chambre. Peut-être qu'il s'est trompé… ou qu'il cherchait quelque chose.

— Votre chambre est très différente de la sienne. Et il dormait dans votre kimono ?

— Oui. Mon préféré.

— Alors… il commence à vous apprécier ?

Oguri haussa les épaules.

— Peut-être. Il ne m'a pas vu pendant deux jours.

— Il refusait de me parler, informa Asano. Il ne parle qu'à vous. Il est vraiment têtu, ce garçon !

—Je lui aurais manqué ? ironisa Oguri.

— Ça se pourrait bien. Il commence à s'attacher à vous, on dirait.

— Il est trop gentil. Trop naïf pour ce monde.

— Trop gentil pour vivre ici, confirma Asano.

— Je sais. Mais il ne pourra plus jamais retourner dehors. Pas tant que Wong et ses hommes sont en vie.

Asano se tut. Il pensait à Wong, à cette guerre silencieuse qui durait depuis dix ans. Aucun des deux hommes n'avait été blessé. Comme s'ils redoutaient le jour où ils devraient s'affronter directement.

— Je vais faire un tour à cheval cet après-midi, dit Oguri en se levant.

— Une ou deux montures ?

— Une seule. Je doute qu'il sache monter de toute façon.

— Il n'a pas fini de rougir, alors ce pauvre garçon !

Oguri sourit.

— Et ce n'est que le début !

Il retourna dans sa chambre, prit une pile de vêtements qui étaient dans l'ancien appartement de Kai. Et entra dans la chambre du jeune homme. Celui-ci sursauta, totalement surpris.

— Habille-toi ! On sort, dit simplement Oguri en posant les vêtements sur le lit.

Kai les prit lentement. Il ne voulait pas se changer devant lui. Il se souvenait encore trop bien de la nuit passée. Avait-il profité de lui ? Lui avait-il fait quelque chose ?

— Idiot ! dit Oguri en devinant ses pensées. Je ne prends pas les gens par la force. Je t'aime, Kai. C'est vrai. C'est pour ça que je n'ai pas pu te tuer. Je ne te ferai jamais de mal. Je ne te demande pas de m'aimer en retour. Juste d'être honnête. D'apprendre à me connaître. De ne pas te fier à ce qu'on t'a dit sur moi.

Il se dirigea vers la porte.

— Je t'attends dehors. Mais je reviens dans dix minutes, que tu sois prêt ou non. On sortira.

Kai s'habilla rapidement. Cet homme tenait parole. Mieux valait pas le contrarier. Il était prêt quand Oguri revint. Il le suivit à l'extérieur.

L'air frais lui fit du bien. Kai inspira profondément. Cela faisait des jours qu'il n'avait pas mis le nez dehors.

Il sursauta en voyant un grand cheval, tenu par Asano.

— Je suppose que tu n'as jamais monté, dit Oguri. Alors, tu vas monter avec moi !

Kai hésita. Oguri se hissa en selle. Asano souleva sans effort le jeune Kai qui ne s'y attendait pas et se retint de crier et le plaça derrière Oguri.

Kai devint rouge comme une pivoine.

— Accroche-toi, dit Oguri en lançant le cheval au pas.

Kai obéit, les bras autour de lui, le cœur battant. Il ne voulait pas monter, mais ne voulait pas tomber non plus.

Et pour la première fois, il se demanda si ce monde qu'il découvrait… n'était pas aussi fait pour lui.

Kai n'eut d'autre choix que de passer ses bras autour de la taille d'Oguri. Il s'accrocha encore plus, le cœur battant, incapable de penser à autre chose qu'à la proximité de cet homme.

— À tout à l'heure ! lança Asano en riant, avant de retourner à la résidence. Amusez-vous bien !

Le cheval avançait au pas, lentement, dans un silence presque pesant. Kai ne savait plus où se mettre. Collé contre Oguri, il sentait chaque mouvement, chaque souffle, chaque vibration. Il avait honte de cette proximité, mais il ne pouvait pas faire autrement. Il baissait les yeux, fixait le sol, terrifié. Il n'avait jamais monté à cheval. Il n'en avait même jamais vu d'aussi près. Et n'aurait jamais cru monter dessus au cours de sa triste vie.

Et puis, il y avait Oguri. Son odeur. Sa chaleur. Sa présence.

À un moment, Oguri le fit passer devant. Cette fois, c'était encore pire. Kai sentait son souffle dans sa nuque, ses mains sur les rênes, son torse contre son dos. Il se demanda s'il ne se collait pas exprès à lui.

— Ne t'inquiète pas, dit Oguri. Ce cheval ne s'emballe pas. Et moi, je sais le maîtriser. Même si c'est un étalon.

— Un étalon ? répéta Kai encore plus paniqué.

— Tu ne pensais tout de même pas que j'allais monter une simple jument ?

Kai se demanda quel était le but de cette balade. Pourquoi n'avait-il pas tout simplement refusé ? Pourquoi n'avait-il pas protesté ? Il n'en avait même pas eu le temps. Et maintenant, il était là, vulnérable, entre les bras d'un homme qu'il ne comprenait pas.

S'il voulait le prendre, là, maintenant, il ne pourrait rien y faire.

Mais Oguri avait promis. Il avait dit qu'il ne tenterait rien. Et jusqu'à présent, il avait tenu parole. Il ne l'avait jamais blessé. Jamais crié dessus. Même lorsqu'il avait tenté de s'échapper.

Alors… qui avait raison ? Lui, ou les policiers qui lui avaient dressé un portrait terrifiant de cet homme ?

Kai ne savait plus. Il commençait à comprendre qu'il l'appréciait. Et cela lui faisait peur. Cela le terrorisait même. Car s'il le trahissait, il n'aurait plus confiance en qui que ce soit par la suite.

Oguri n'était pas un homme ordinaire. Il était le chef d'un clan. Un malfaiteur. Le plus puissant de la région. Et pourtant… il disait l'aimer.

Lui, Kai. Un garçon banal. Peureux. Un civil sans histoire.

Et il était un homme.

Les jours suivants, Oguri l'emmena plusieurs fois en balade. Kai n'osait pas refuser. Il s'en voulait même de les attendre avec impatience. Ces moments intimes devenaient précieux.

Mais ce jour-là, le cheval tressaillit. Oguri s'arrêta, scruta les environs. Un bruit sourd se fit entendre. Un hélicoptère approchait, tout droit vers la résidence.

Oguri sortit son téléphone, appela Asano. Des coups de feu retentirent au loin.

— On est attaqué ! dit-il. Retrouve-nous au point de rendez-vous. On s'occupe d'eux !

Il jeta son téléphone au sol, fit tourner son cheval brusquement. Kai sursauta.

— Accroche-toi ! cria Oguri.

Le cheval partit au trot, puis au galop. Kai s'agrippa de toutes ses forces. Oguri le retenait d'une main, dirigeait la monture de l'autre. La pluie se mit à tomber. L'orage éclata.

Ils ralentirent pour éviter de glisser. Ils marchèrent toute la nuit sous la pluie. Kai grelottait, trempé, épuisé. Il se colla contre Oguri pour chercher un peu de chaleur.

— Tiens bon ! cria Oguri entre deux éclairs.

Au petit matin, ils arrivèrent devant une petite maison isolée. Oguri descendit, toqua quatre fois. Un homme ouvrit. Ils discutèrent au moins une bonne dizaine de minutes. Kai, toujours sur le cheval, n'osait pas bouger. Il tremblait de tous ses membres.

Oguri revint, le prit dans ses bras, le déposa à l'avant d'une voiture garée non loin. Ils roulèrent jusqu'au milieu de l'après-midi.

Kai ne se souvint de rien ensuite. Juste d'un lit chaud. D'une fièvre brûlante. D'Oguri à ses côtés.

Il lui fit avaler un médicament au goût atroce. Kai se rendormit peu après. Il se réveilla plusieurs fois, en sueur. Oguri tamponnait son front, lui faisait boire à nouveau. Il réussit à le faire manger le lendemain.

Kai délirait. Oguri ne le quittait pas. Sauf pour aller chercher des médicaments, de la nourriture, des vêtements.

Trois jours passèrent. Kai se réveilla enfin, faible, incapable de se lever.

— Tu as pris froid, dit Oguri. Je suis désolé. C'est ma faute. J'aurais dû prévoir.

— Où sommes-nous ? murmura Kai.

— Dans un hôtel. Je n'ai pas pu rejoindre le point de rendez-vous. Mais Asano nous cherche. Il nous trouvera.

— C'était Wong, n'est-ce pas ? Il m'a retrouvé ? Il veut me tuer…

— Ne pense pas à ça. Repose-toi. Reprends des forces.

Un silence. Puis Kai demanda, d'une voix tremblante :

— Vous m'aimez ?

Oguri le regarda.

— Je t'aime depuis le premier jour. Depuis que je t'ai vu, Kai.

— Pourquoi ? Pourquoi moi ? Je ne suis qu'un trouillard. Un civil. Je n'ai rien à voir avec votre monde. Je ne fais pas partie de votre monde.

— L'amour ne s'explique pas. C'est comme ça.

Il marqua une pause.

— Et toi ? Que ressens-tu pour moi ?

Kai détourna les yeux.

— Je ne sais pas. Je ne sais plus.

Kai se rendormit, épuisé. Oguri s'approcha doucement, déposa un baiser sur son front.

— Je t'aime, Kai. Bien plus que tu ne peux l'imaginer. Je n'aurais jamais cru revivre cela un jour. Tu dis n'être rien ? Un trouillard ? Pourtant, ta simple présence adoucit mon cœur. Ta simple présence me fait du bien. Ta présence m'apaise.

Mais le calme fut brisé par un fracas brutal. La porte d'entrée vola en éclats. Des coups de feu retentirent. Des cris. Des pas précipités. Le chaos.

Kai ouvrit les yeux, hébété. Tout était renversé. Des meubles brisés. Des éclats de verre. Et au milieu de la pièce… Oguri, gisant dans une mare de sang.

Il voulut crier, mais aucun son ne sortit. Il sentit qu'on le soulevait. Il leva les yeux et aperçu un visage qu'il aurait préféré ne jamais revoir.

Wong.

Son sourire était celui d'un prédateur.

— Je t'ai enfin ! s'écria-t-il. Je t'ai capturé !

Il éclata d'un rire glaçant. Kai tourna la tête, cherchant Oguri. Celui-ci releva péniblement la tête.

— Kai ! hurla-t-il, désespéré.

— Je te prends ce que tu aimes le plus, mon cher ami, lança Wong. Et crois-moi, je vais bien en profiter. Cette fois, c'est moi qui gagne !

— Yu ! cria Kai, les larmes aux yeux.

Mais Wong l'emporta comme s'il n'était qu'une simple brindille. Oguri tenta de se traîner au sol, laissant une traînée de sang derrière lui.

— Kai ! continua-t-il à hurler.

Le bruit d'un hélicoptère décolla. Puis ce fut le noir complet.

— Monsieur Oguri ! Monsieur Oguri !

La voix d'Asano résonna dans le brouillard. Oguri ouvrit les yeux. Il attrapa le col de son majordome.

— Wong ! Il a… Kai…

— Je sais ! Je sais ! On va s'occuper de vous d'abord. Je vous le promets, on le retrouvera !

— Non ! Kai…

Asano lui fit une injection. Oguri s'effondra, inconscient.

On le transporta sur une civière, direction l'hélicoptère qui attendait non loin. Il entendit vaguement des voix, des ordres, des bruits de moteur. Puis plus rien.

Lorsqu'il se réveilla, il était allongé dans un lit d'hôpital. Asano était là, veillant sur lui.

— Comment vous sentez-vous ? demanda-t-il en ajustant la perfusion.

— Où suis-je ?

— Dans une section isolée. Vous avez pris plusieurs balles. Vous aurez des cicatrices. Mais bon, ce ne sont pas les premières et sans doute pas les dernières. Mais Wong ne voulait visiblement pas vous tuer. Il l'a fait exprès.

— Kai ! s'écria Oguri en tentant de se redresser.

— Vous ne pouvez pas bouger. Reposez-vous.

— Il faut le retrouver !

— Nous sommes déjà à sa recherche. Mais vous devez avant tout reprendre des forces.

Oguri tenta de lutter. Asano ajouta un calmant dans la perfusion. Les paupières d'Oguri se fermèrent.

— Je sais, murmura Asano. Mais je vous promets qu'on le retrouvera. On le retrouvera avant qu'il puisse lui faire quoi que ce soit.

Kai ne se réveilla que plusieurs jours plus tard. Il était faible, incapable de bouger. Il scruta lentement la pièce : une chambre luxueuse, richement décorée. Un lit immense. Des draps soyeux.

Puis les souvenirs revinrent.

— Yu Oguri… pensa-t-il.

— Oh, te voilà enfin réveillé ! dit une voix.

Kai la reconnut aussitôt. Il aurait préféré ne pas la reconnaître.

Wong.

— Ton cher Yu doit être mort à l'heure qu'il est. Wong souria.

— Ou peut-être pas. Je n'ai pas touché les points vitaux, il me semble. Oh, il a perdu beaucoup de sang…

Kai ferma les yeux. Des larmes coulèrent. Il ne connaissait Oguri que depuis peu. Mais cet homme…

— Oh. Je vois que ça t'affecte vraiment. Je n'aurais jamais cru qu'un garçon aussi banal que toi, puisse s'attacher à un homme tel que Oguri. Je vais te faire une fleur, souviens t'en. Je vais te laisser un temps de deuil. Mais ensuite… je m'occuperai personnellement de toi !

Wong se leva et quitta la pièce.

Kai se rendit compte qu'il était dans la chambre de Wong. Dans son lit. Il avait sans doute même dormi à ses côtés.

Il pleura longuement. Il ne pouvait rien faire. Il se sentait vide. Perdu. Totalement perdu.

Il avait finalement aimé Oguri. Cet homme est dangereux. Ce chef de clan. Le numéro deux le plus redouté du Japon.

Et pourtant… il avait vu dans ses yeux quelque chose de vrai. De pur.

Il se souvenait de son regard, lorsque Wong l'emportait. Ce regard désespéré. Ce cri. Cette douleur encrée sur son visage.

Il aurait finalement préféré mourir avec lui.

Les jours passèrent. Kai ne pouvait pas se lever. Chaque soir, Wong se couchait à ses côtés, nu sous les draps. Comme Oguri. Il semblait prendre plaisir à se dévêtir devant lui. Kai, lui, était terrifié.

Il ne savait pas qui l'avait habillé. On lui avait mis un kimono. Il n'osait pas poser de questions.

Wong ne tentait rien. Pas encore. Il lui avait accordé quatre semaines de deuil. Quatre semaines où il ne ferait rien.

Mais Kai n'était pas rassuré. Il refusait de lui parler. Ce qui semblait amuser Wong.

Il ne cherchait pas à fuir. Il n'en avait pas la force.

Il passait ses journées à lire, assis dans un fauteuil. Wong lui apportait des livres. Il s'était renseigné sur lui, comme Oguri l'avait fait. Mais il n'avait pu récupérer ses affaires. Oguri les avait déjà prises.

Kai se sentait prisonnier. Prisonnier d'un jeu cruel.

Et chaque nuit, il se souvenait de la voix d'Oguri. De son regard. De ses mots.

Et il se demandait s'il le reverrait un jour. Était-il mort ? Il espérait bien que non.

Kai savait que fuir ne servirait à rien. Des gardes armés patrouillaient sûrement les alentours. Contrairement à Oguri, Wong avait déjà tué de sang-froid devant lui deux hommes, sans hésitation. La simple présence de cet homme le mettait mal à l'aise. Il ne l'aimait pas. Pas du tout.

Wong quittait souvent la résidence. Kai observait discrètement la voiture s'éloigner, tapi derrière les rideaux. Il évitait de se montrer.

Un soir, Wong entra dans la chambre, un plateau à la main.

— Yu t'a bien dressé, dit-il en posant le repas. La porte n'est même pas verrouillée, et pourtant tu n'as jamais tenté de t'échapper.

— À quoi bon ? répondit Kai, le ton dur. Vos hommes m'attendent sûrement dehors.

Wong sourit.

— Oh, je ne savais pas que tu savais parler ! plaisanta-t-il. Je commençais à croire qu'Oguri t'avait coupé la langue…

— Non seulement je sais parler, mais je peux vous dire que je vous déteste.

— Ce n'est pas bien grave. Tu penses encore à Yu. C'est normal. Il te faudra du temps pour l'oublier… et accepter ta vie avec moi.

— Je n'oublierai jamais Yu ! Et je ne serai jamais votre amant ! cria Kai. Je préfère mourir !

Wong éclata de rire.

— Oh, mais c'est qu'on se rebelle maintenant ! On dirait que tu vas beaucoup mieux. Je sais que vous n'avez rien fait, toi et Yu. Mon médecin t'a examiné pendant ton inconscience. Tu es encore vierge.

Kai rougit violemment.

— Comment osez-vous ?

— Je voulais être sûr. Si vous aviez été amants, je t'aurais pris sur-le-champ. Mais je n'ai pas envie de t'abîmer. On a toute une vie devant nous. On prendra le temps. Tu seras à moi. Sois-en certain. C'est juste une question de temps. Tu sais ce qu'in dit, plus c'est long et plus cela en sera meilleur.

— Je préfère me tuer que de coucher avec vous !

— Si ton comportement persiste, je serai contraint de te faire administrer un traitement approprié. Je suis plein de ressources, tu sais. Ce n'est qu'une question de temps. Tu verras.

— Vous voulez me droguer ?

— Je veux juste que tu te calmes. Tu es sous surveillance constante. Et je te trouve bien angoissé. Si tu tentes quoi que ce soit, je prendrai les mesures nécessaires. Tu n'as pas le choix.

— Vous êtes un monstre !

— Je n'ai jamais prétendu être un ange. Je suis tout le contraire d'Oguri. C'est pour ça que je suis l'homme le plus redouté du Japon. Et sans preuve, ils ne peuvent rien contre moi.

— Alors, pourquoi ne me tuez-vous pas ? Je suis le seul à pouvoir vous faire tomber !

— Qui sait ? J'aime peut-être prendre des risques. Mais une chose est sûre : la police ne te retrouvera jamais. Tu es à moi. Entièrement à moi maintenant. J'ai gagné contre Oguri !

— Je n'appartiens à personne !

— Ça, c'est ce que tu crois. Mais bientôt, tu seras mien. Bientôt, nous ne ferons qu'un.

Wong sortit, laissant Kai seul. Sous la colère, celui-ci jeta le plateau contre la porte.

Personne ne vint. Il resta seul, à se morfondre jusqu'au matin. Un homme entra pour nettoyer. Un autre apporta le repas suivant. Wong ne réapparut pas ce jour-là. Kai en fut soulagé.

Assis dans le fauteuil, il lisait. Parfois, il pensait à Yu. Il se souvint de ce que celui-ci lui avait dit à propos de Wong : qu'il ne l'enlèverait que pour le faire enrager. Alors pourquoi continuer s'il était mort ? Cela n'avait plus de sens.

À moins que…

— Yu… murmura Kai. Mais oui… Wong m'a menti ! Tu es encore en vie ! Tu dois l'être ! Il faut que tu le sois !

Il revoyait Yu, gisant dans une mare de sang. Mais il refusait d'y croire. Si Yu l'aimait, comme il en avait eu la preuve… alors il devait sentir qu'il était encore en vie. Et s'il était vivant, il remuerait ciel et terre pour le retrouver.

Il fallait juste attendre.

Deux jours plus tard, Wong entra avec un ordinateur portable. Il l'alluma devant Kai et lança une émission d'information.

Une journaliste se tenait devant un poste de police que Kai reconnut aussitôt.

« Une chose est sûre : après la fusillade dans une chambre d'hôtel au nord de la ville, Yu Oguri, le deuxième homme le plus redouté du pays, serait décédé des suites de ses blessures. Sa mort va bouleverser l'organisation de son clan, qui devra du coup choisir un nouveau successeur… »

Wong coupa l'émission. Il observa Kai, silencieux.

Celui-ci restait figé. Tous ses espoirs venaient de s'effondrer.

— Je voulais juste m'assurer que tu comprennes bien la situation, dit Wong en refermant l'ordinateur. Tu es seul maintenant. Totalement seul.

Il sortit.

Kai s'écroula sur le fauteuil, tremblant de tous ses membres.

Chapitre 4

Kai était anéanti. L'annonce de la mort de Yu Oguri résonnait encore dans sa tête, comme un écho cruel. Il ne pouvait pas y croire. Il ne voulait pas y croire. Et pourtant, la voix de la journaliste avait été claire, implacable. Yu était mort. C'était ce qu'on disait.

Mais au fond de lui, quelque chose résistait. Une part de lui refusait cette réalité. C'était irréaliste. Inacceptable. Kai ressassait la situation sans fin. Cette fois, personne ne viendrait le sauver. Pas même cet Asano, qu'il n'avait jamais vraiment côtoyé, mais qu'il accusait désormais. C'était à cause de lui. C'était lui le responsable. C'était lui qui avait laissé Oguri mourir…

Kai se sentait coupable. Coupable d'avoir été là. Coupable d'avoir été aimé. Coupable d'avoir survécu.

Wong, étrangement, le sortait parfois dans le jardin. Des après-midis entiers, à marcher en silence. Peut-être voulait-il lui changer les idées. Peut-être voulait-il simplement l'observer. Kai le suivait comme un automate, le regard vide, l'esprit ailleurs.

Quelques jours plus tard, Wong fit venir son médecin personnel. Celui-ci l'examina longuement, sans obtenir la moindre réaction. Il déclara qu'il fallait attendre. Que le choc était profond. Que le silence de Kai était une forme de résistance.

Le soir, Kai restait seul. Wong ne venait plus le provoquer, ni lui promettre qu'il serait sien. Il semblait avoir compris que quelque chose s'était brisé.

Kai se demandait ce que serait sa vie désormais. Il repensa à l'orphelinat. Aux brimades. Aux coups. Aux humiliations. Jusqu'à l'arrivée de cet éducateur. Celui qui lui avait appris à aimer les livres. Celui qui l'avait protégé. Celui qu'il avait aimé en secret. Un amour silencieux, à sens unique. Et puis, il s'était marié. Il était parti. Kai ne l'avait jamais revu.

Il avait quitté l'orphelinat dès qu'il avait pu. Il avait trouvé un travail, un appartement. Il vivait seul. Tranquillement. Jusqu'à ce fameux soir. Celui où il avait vu Wong abattre deux hommes de sang-froid.

Depuis, tout avait basculé.

Kai observait souvent la voiture de Wong quitter la résidence. Il se doutait que c'était pour des affaires sombres. Il l'avait vu crier sur ses hommes. Il l'avait vu en colère au téléphone. Il l'avait même vu recharger une arme. Il savait que Wong allait s'en servir.

Le lendemain, tout bascula.

Kai fut réveillé brutalement. Des hommes l'habillèrent à la hâte. On lui fit avaler un cachet étrange. Puis on le fit sortir. Un hélicoptère attendait. Wong était déjà à bord, aux commandes.

À peine la ceinture attachée, l'appareil décolla.

Kai se sentit vaseux. Le médicament agissait. Il entendit des coups de feu. Des explosions. Il vit des voitures arriver en trombe devant la résidence. Des silhouettes sortirent. Des tirs fusèrent. Mais il ne réagit pas.

Wong l'observa, satisfait.

— Tu ferais mieux de te reposer, dit-il. On a une longue route à faire !

Kai s'enfonça dans le siège. Les images tournaient en boucle dans sa tête. Ces voitures. Ces hommes. Qui étaient-ils ?

Il ferma les yeux.

— Kai ! Ne m'abandonne pas !

— Je te retrouverai ! Je te le promets !

La voix de Yu. Claire. Désespérée.

Kai se réveilla en sursaut. Wong pilotait toujours. Mais quelque chose avait changé. Une peur viscérale s'empara de lui. Il ne pouvait pas rester là. Il devait faire quelque chose.

Il bondit sur Wong.

— Kai ! Non ! Qu'est-ce que tu fais ? Merde, le médicament ne fait plus effet ! Kai ! Arrête ! On va s'écraser !

Kai s'accrocha au manche. L'hélicoptère dévia brusquement. Il tournait sur lui-même. Kai était projeté contre la porte, contre Wong. Il ne lâchait rien.

Wong tenta de l'assommer. En vain. Kai s'était détaché. Il bougeait librement. L'appareil continuait de tournoyer, incontrôlable.

Puis, l'hélicoptère toucha la cime d'un arbre. Une embardée brutale. Kai fut projeté contre la porte, qui s'ouvrit violemment. Il tomba dans le vide.

L'hélicoptère heurta un autre arbre. Puis s'écrasa au sol.

Kai rebondit sur plusieurs branches avant de s'écraser dans la boue.

Il se réveilla au petit matin. Transi de froid. Trempé. Une croûte de sang sur le front. Des égratignures partout.

Il ne savait plus où il était. Il ne savait plus qui il était. Une seule chose lui restait en tête : il devait retrouver quelqu'un.

Mais qui ?

Il se leva. Et marcha. Comme un automate. Droit devant lui.

Il ne sentit ni la pluie, ni le soleil, ni la nuit. Il traversa une rivière. Tomba dans un fossé. Se releva. Marcha encore.

Il trouva un sentier. Le suivi. Et arriva en terrain découvert.

Un village.

Des gens le regardèrent. Certains s'écartèrent. D'autres se retournèrent.

Kai avançait. Lentement. Silencieusement. Toujours tout droit.

Il était vivant.

Mais brisé.

Un vieil homme tressait un chapeau de paille de riz lorsqu'il aperçut Kai. Il releva la tête, intrigué par cette silhouette qui avançait sans but, les yeux vides, le corps tremblant, ignorant totalement tout ce qui l'entourait.

Il posa son ouvrage sur le côté, se leva lentement, et s'approcha. Kai continuait d'avancer, inlassablement, comme un fantôme errant. D'autres villageois s'arrêtèrent, curieux. Le vieil homme passa une main devant les yeux de Kai. Rien. Pas un clignement. Pas un sursaut.

Il se posta devant lui. Kai le percuta doucement, puis s'immobilisa.

Sans hésiter, le vieil homme lui asséna un coup sec sur la nuque, le rattrapa avant qu'il ne s'effondre.

— Rinko ! Fais chauffer de l'eau ! appela-t-il. Vous autres, aidez-moi à le transporter !

Plusieurs hommes accoururent. Ils portèrent Kai jusqu'à la maison du chef du village. Le médecin fut appelé en urgence. Une heure plus tard, il sortit, le visage grave.

— Il a subi un traumatisme crânien. C'est probablement ce qui a causé sa cécité temporaire. Il est en état de choc. Il lui faut du repos, une alimentation saine et du calme. Il devrait toutefois s'en sortir.

— Ne pourrait-on pas le ramener en ville ? demanda un jeune homme.

— Le voyage serait trop risqué. Et personne ne prévoit d'y aller prochainement. Il n'est pas en danger vital. Il a juste besoin de temps.

— Notre client principal doit venir en hélicoptère pour récupérer sa marchandise. Peut-être pourrait-il le prendre avec lui ?

— Ce ne sera pas facile, répondit le chef. Mais je lui demanderai.

Kai se réveilla trois jours plus tard. Tout était sombre. Pourtant, il sentait du mouvement autour de lui. Il sursauta, tenta de se redresser. Des mains le retinrent doucement.

— Du calme, jeune homme. Vous êtes en sécurité ici.

La voix était celle d'un homme âgé. Douce. Apaisante. Kai se détendit aussitôt.

— Vous ne pouvez pas voir, pour l'instant. C'est dû au choc. Vous avez eu un accident ? Vous semblez avoir marché longtemps. Deux voire trois jours. Vous êtes dans un village isolé. On cultive du riz ici. On est très loin des grandes villes. On n'a pas grand-chose. Mais on va s'occuper de vous.

Kai ne répondit pas. Il resta allongé plusieurs jours, sans comprendre ce qui lui était arrivé. Une femme s'occupait de lui. Elle l'aidait à manger, à se laver. On lui avait donné des vêtements propres. Lorsqu'il put enfin se lever, on l'installa devant la maison, sous le soleil.

Parfois, on le faisait marcher dans les alentours. Il percevait désormais des ombres, des lumières. Il distinguait le jour de la nuit. Le médecin disait que c'était bon signe.

Le village vivait au rythme des saisons. Le matin, Kai entendait les machines dans les rizières, les enfants jouer, les adultes discuter. Le soir, les voix se mêlaient aux grillons. Le vieil homme et sa femme veillaient sur lui comme sur un fils.

On attendait un hélicoptère. Un client régulier. Peut-être pourrait-il ramener Kai en ville. Mais personne ne savait qui il était. Aucun papier n'avait été découvert sur lui. Rien.

Le chef du village lui expliqua que parfois, des jeunes en rupture avec la société arrivaient ici, cherchant un nouveau départ. Certains restaient. D'autres repartaient. Blessés. Perdus. Affamés. Kai semblait être l'un d'eux.

Mais lui ne parlait pas. Il se sentait comme dans un rêve. Il se souvenait vaguement de l'accident. Il savait qu'il avait fui quelque chose. Qu'il devait aussi retrouver quelqu'un. Mais qui ? Et pourquoi ?

Parfois, il rêvait qu'on l'appelait. Il se réveillait en sursaut. Et cette voix apaisante le calmait aussitôt.

Le matin, il entendait la cloche de l'école. Les enfants riaient. Les parents partaient aux champs. Le village vivait dans une harmonie simple, loin du tumulte des villes. Pourtant, il y avait Internet, la télévision. Kai entendait les sons, mais ne voyait pas encore les images.

Un après-midi, le vieil homme vint s'asseoir près de lui.

— J'ai l'impression que vous avez perdu quelqu'un de très cher.

Kai baissa la tête. Des fragments de mémoire revenaient. Des visages. Des sensations. Des regrets.

— En effet, murmura-t-il.

— Le temps efface les blessures, dit le vieil homme. Mais certaines prennent plus de temps.

— Certaines ne s'effacent jamais.

— Je lis une note de regret dans vos yeux, même s'ils ne voient plus très bien.

— Je ne lui ai pas accordé ma confiance. J'ai cru les autres. J'ai jugé trop vite. Et j'ai compris trop tard ce qu'il représentait pour moi.

— Il est bon de voir les choses par soi-même. Beaucoup de jeunes arrivent ici avec des idées fausses. Ils découvrent la réalité du travail, de la solitude, de la nature. Et parfois, ils découvrent aussi leur propre vérité.

Kai resta silencieux. Mais au fond de lui, quelque chose bougeait. Une graine. Une étincelle.

Il ne savait pas encore ce qu'il allait faire. Mais il savait qu'il n'était pas seul.

Et qu'il n'était pas encore prêt à abandonner.

— Beaucoup repartent en réalisant ce qu'ils ont perdu, disait le vieil homme. Mais ils gagnent autre chose en retour. Ils repartent grandis, pleins d'espoir. Avec surtout… un nouvel avenir.

Kai baissa la tête.

— En ce qui me concerne, j'ai tout perdu. Je n'ai plus aucun espoir.

Le vieil homme lui tapota doucement l'épaule.

— Parfois, il y a des miracles.

Puis il se leva, reprenant sa tâche là où il l'avait laissée.

Mais Kai ne croyait plus aux miracles. Pas pour lui. Sa vie n'avait jamais été aussi misérable que maintenant. Seul, oui, il se sentait seul et vide.

Cela faisait quinze jours qu'il vivait dans ce village. Il aidait comme il pouvait : pétrir la pâte, rouler des boulettes de riz, réciter des leçons aux enfants. Il faisait partie du quotidien, sans vraiment en faire partie. Il était là, mais ailleurs en même temps.

Ce soir-là, le vieil homme revint, l'air désolé.

— L'hélicoptère qui devait venir demain ne viendra pas. Notre client a eu un imprévu. On ignore quand il reviendra. Je suis sincèrement désolé.

— Ce n'est pas grave. Mais je ne peux abuser de votre hospitalité plus longtemps.

— Ne vous en faites pas. Vous nous aidez déjà. Et croyez-moi, certains jeunes qui voyaient parfaitement n'en faisaient pas autant.

— Mais si votre client ne vient pas… vous ne serez pas payé ?

— Il viendra. Et il prendra le double. C'est déjà arrivé. Ce client est froid, mais honnête. Il reviendra dans quatre semaines, pas plus. Nous tiendrons jusque-là.

— Merci pour tout ce que vous faites.

— Il n'y a pas de quoi.

Kai sourit. Il aimait cette tranquillité. Cette vie simple. Mais quelque chose l'appelait. Une voix intérieure. Un souvenir. Il se souvenait de Yu. De Wong. De l'accident. Il avait eu de la chance. Le fait de s'être détaché l'avait sans doute sauvé.

Un après-midi, la jeune femme l'emmena en promenade. Elle cherchait des plantes médicinales. À leur retour, le village semblait fort agité.

— Que se passe-t-il ? demanda Kai.

— On dirait que notre client est venu plus tôt, sans prévenir. Venez, je vais vous installer devant la maison. Je dois aller aider au chargement. C'est toujours beaucoup de travail !

Elle le plaça à son endroit habituel. Kai écouta attentivement. Il entendait des voix, des pas, des sacs qu'on chargeait. Cet homme achetait leur riz et leurs légumes. Il venait chaque mois.

Kai ne voyait pas encore clairement. Mais ses autres sens s'étaient aiguisés. L'ouïe. L'odorat.

Et soudain… une odeur familière. Une fragrance douce. Unique. Une odeur boisée.

Il releva la tête.

— C'est impossible… murmura-t-il.

Il huma l'air. L'odeur revenait, disparaissait, portée par le vent.

Il se leva brusquement. Cette odeur… il ne pouvait pas l'oublier. Il la reconnaîtrait entre mille.

Il prit son bâton et avança, guidé par cette senteur intermittente.

— Impossible… dit-il, les larmes aux yeux. Impossible…

Il avançait lentement, puis de plus en plus vite. Il entendait des voix. Des voix qu'il connaissait.

— Je dois rêver…

— Monsieur, nous voudrions vous demander une faveur, dit le chef du village.

— Monsieur Oguri n'a pas de temps à perdre, répondit Asano, pressé.

— Vous allez pourtant dans la même direction. Pourriez-vous ramener un homme blessé en ville ?

Nous vous paierons. Ou déduisez le transport du prix de la marchandise.

— Ce n'est pas une question de prix. Monsieur Oguri est très occupé.

Yu sortit de l'hélicoptère, boitant, appuyé sur une canne.

— Que se passe-t-il ? demanda-t-il.

— Ils veulent que nous ramenions un passager.

— Ils nous prennent pour un taxi ? dit Yu, agacé.

Il n'avait qu'une envie, partir à la recherche de Kai. Déjà ce détour lui faisait perde énormément de temps.

— Cet homme a besoin de soins. Des soins que nous ne pouvons pas lui offrir ici.

Yu hésitait. Il voulait repartir. Il voulait retourner sur le site du crash. Il ne croyait pas que Kai soit mort. On n'avait jamais retrouvé son corps.

Aucune trace. Cela faisait trois semaines qu'ils le cherchaient en vain.

— Vous devriez retourner à l'hélicoptère, Monsieur Oguri. Le soleil tape fort.

— Je vais bien, répondit Yu. Un peu d'exercice me fera du bien.

Il descendit tant bien que mal de l'hélicoptère et marcha lentement posant son regard sur les hommes en train de charger la marchandise. Et soudain… il s'arrêta.

Un frisson le traversa. Une sensation étrange. Une peur douce. Une boule au ventre qui s'estompait.

Quelque chose l'appelait ? Était-ce un Rêve ?

— Yu ? entendit-il faiblement.

Il se figea.

Avait-il rêvé ? Il reconnaissait pourtant cette voix.

— Yu ? Est-ce bien vous ?

— Kai ? cria brusquement Yu, scrutant tous les visages. Kai, c'est bien toi ?

— Yu ?

Les villageois s'affairaient autour des sacs de riz, les chargeant avec méthode. Mais soudain, ceux qui se trouvaient devant Oguri s'écartèrent, laissant passer un homme vêtu d'un simple kimono et coiffé d'un chapeau de paille. Sa démarche était lente, hésitante. Oguri le fixa plus attentivement.

Il ne l'aurait jamais reconnu de loin, dans cet accoutrement. Mais cette silhouette… cette façon de marcher…

Le monde sembla s'arrêter.

Yu se précipita vers Oguri, trébuchant, le cœur battant. Kai avançait lentement, les bras tendus, les larmes coulant sur ses joues.

— Kai ! cria Yu.

— Yu ! répéta Kai, les mains tremblantes.

— Kai ? cria-t-il, le cœur battant, en boitant vers lui sans se soucier de la douleur.

— Yu ? C'est bien vous ? demanda Kai, avançant lentement, son bâton tâtonnant devant lui.

Le bâton toucha les jambes d'Oguri. Kai s'arrêta net.

Ils se firent face au centre du village, sous les regards ébahis des villageois qui avaient stoppé le chargement.

Oguri s'approcha, les mains tremblantes. Il souleva lentement le chapeau de paille qui recouvrait le visage de Kai. Le chapeau tomba au sol.

Et c'est là, qu'il le vit.

Ce visage qu'il croyait perdu à jamais.

Ils restèrent ainsi, longtemps, sans dire un mot. Le silence du village se fit respectueux. Le miracle avait eu lieu.

— Kai ! cria-t-il, le prenant brusquement dans ses bras. C'est bien toi ! Je te croyais mort ! Je te retrouve enfin !

— Moi aussi ! sanglota Kai. Je vous croyais mort. Wong m'a dit que vous étiez mort. Il m'a dit qu'il vous avait tué !

— Je suis là. Je suis bien vivant ! Et toi aussi. Tu es là !

Ils se serrèrent l'un contre l'autre, les larmes coulant librement. Le chef du village, ému, se tourna vers Asano.

— Les miracles existent, dit-il. Il aurait été fort dommage que vous refusiez de l'emmener. Vous ne croyez pas ?

— Comment l'avez-vous retrouvé ? demanda Asano, bouleversé.

— Il est arrivé un jour, seul, marchant droit devant lui. Choqué, blessé. Il a dû errer pendant deux ou trois jours sans boire ni manger. Nous l'avons recueilli, soigné. Mais je dois vous prévenir : il a perdu partiellement la vue. Peut-être temporairement. Seul un vrai hôpital pourra le dire.

Asano et le vieil homme observèrent les deux hommes enlacés. Kai pleurait de joie. Oguri ne le lâchait plus. Ils restèrent ainsi, longtemps, comme deux âmes enfin réunies.

— Monsieur Oguri, dit Asano doucement, nous devons repartir avant la nuit.

Mais aucun des deux ne bougeait.

Alors le vieil homme les invita à passer la nuit chez lui.

La soirée fut douce, presque irréelle. Le vieil homme raconta comment Kai était arrivé, comment le village l'avait accueilli, nourri, soigné. Kai écoutait, la main dans celle d'Oguri, le cœur apaisé.

Ils ne se quittèrent plus jusqu'au petit matin.

Et lorsque l'heure du départ arriva, tout le village se rassembla.

Un à un, les habitants vinrent saluer Kai. Même les enfants. Certains lui offrirent des petits cadeaux : des dessins, des fleurs séchées, un bracelet tressé.

Kai était bouleversé.

— Merci, murmura-t-il. Merci pour tout.

Yu le serra contre lui, comme pour lui dire qu'il ne le laisserait plus jamais partir.

Puis, ils montèrent à bord de l'hélicoptère.

Le moteur s'ébranla. Les pales tournèrent. Le sol s'éloigna lentement.

Kai sentit le vent sur son visage. Il ne voyait pas encore, mais il sentait. Il percevait. Et surtout, il savait.

Il retournait à la civilisation.

Mais cette fois, il n'était plus seul. Cette fois, il n'était plus perdu.

Il retournait auprès de celui qu'il croyait avoir perdu à jamais.

Et dans son cœur, une lumière s'était rallumée.

CHAPITRE 5

Le médecin commença lentement à retirer les bandages qui cernaient les yeux de Kai. Ses gestes étaient précis, presque cérémonieux, comme s'il savait que ce moment allait marquer une bascule. Oguri, debout sur le côté, ne disait rien. Mais son visage trahissait une inquiétude profonde. Il y avait une chance sur deux que Kai reste totalement aveugle. Et cette incertitude le rongeait.

Quoi qu'il arrive, il ne l'abandonnerait pas. Il l'avait retrouvé après des jours d'angoisse, de recherches, de nuits sans sommeil. C'était déjà un miracle qu'ils soient de nouveau ensemble. Mais au fond de lui, il en espérait un deuxième.

— Vous devez garder les yeux fermés pendant plusieurs minutes avant de les ouvrir, expliqua le médecin d'une voix calme. Ils doivent s'habituer progressivement à la lumière. Lorsque vous vous sentirez prêt, ouvrez-les, mais très lentement.

— J'ai compris, répondit Kai, la voix posée mais tendue.

Le silence s'installa dans la pièce. Un silence lourd, chargé d'attente. Chaque minute semblait s'étirer comme une éternité.

Oguri ne tenait plus en place. Il bougeait nerveusement, s'appuyant contre le mur, se redressant, marchant de quelques pas avant de revenir à sa place. Kai, les yeux toujours clos, percevait chacun de ses mouvements. Il sentait son agitation, son souffle, sa présence.

Lui-même était inquiet. S'il restait aveugle, il dépendrait des autres pour le reste de sa vie. Il avait encore tant de choses à accomplir. Et surtout… comment lirait-il des livres□? Il ne pouvait pas imaginer une vie sans lecture.

Même les yeux fermés, il sentait les rayons du soleil sur son visage. Une chaleur douce, presque familière. Était-ce bon signe□? Il voulait y croire.

Quand il se sentit prêt, Kai cligna des yeux très lentement. La lumière l'aveugla d'abord, mais il ne recula pas. Il les ouvrit progressivement, laissant ses pupilles s'adapter. Quelques secondes passèrent. Il tourna progressivement la tête vers Oguri. Un sourire naquit sur ses lèvres.

— Je suis heureux de pouvoir enfin revoir votre visage.

Oguri, submergé par l'émotion, se jeta sur lui et le serra dans ses bras avec force.

— Kai□! Je suis tellement heureux□! Heureux de t'avoir retrouvé□! Heureux que tu aies retrouvé la vue□!

Le médecin, satisfait, s'apprêtait à quitter la pièce, mais Oguri l'interpella.

— Docteur, quand pourra-t-il sortir□?

— Au vu de son état, je dirais… demain ça devrait aller.

— Merci□!

— Je n'ai fait que mon travail, répondit le médecin avec un sourire discret.

Oguri s'installa sur le fauteuil près du lit, son regard toujours fixé sur Kai.

— Comment tu te sens□?

— Je ne sais pas encore. C'est étrange.

— Est-ce que Wong…

— Non. Il aurait pu me faire du mal plusieurs fois. Mais il ne l'a pas fait. Il m'a juste harcelé verbalement. Il dormait à côté de moi.

— Ça ne lui ressemble pas, dit Oguri, surpris. Qu'est-ce qui s'est passé□? Comment t'es-tu retrouvé dans ce village□? L'hélicoptère de Wong a été retrouvé en miettes à deux jours de là. On t'a cherché pendant des jours□!

Kai prit une inspiration.

— Le jour où il m'a emmené, ils m'ont fait prendre un médicament. Je ne sais pas ce que c'était, mais j'étais complètement désorienté. Quand la résidence de Wong a été attaquée, je n'ai pas réagi. J'étais ailleurs. Il m'a embarqué dans l'hélico. Je me suis endormi.

— Et ensuite□?

— À mon réveil, j'ai eu une peur panique. J'avais l'impression que si je ne faisais rien, j'étais perdu à jamais. Je me suis détaché, on s'est battus, et l'hélicoptère est tombé. Je me suis réveillé seul, au milieu des arbres. Je ne voyais plus rien. J'ai marché longtemps, je crois. Puis je me suis réveillé dans ce village. Mais je ne voyais toujours rien. Juste des ombres.

Oguri baissa les yeux.

— En fait… c'était moi qui avais attaqué la résidence de Wong ce jour-là. On n'avait pas prévu qu'il s'échappe avec l'hélico. Quand j'ai appris qu'il s'était écrasé, je suis allé sur place plusieurs fois. L'appareil avait pris feu. On n'a retrouvé aucun corps. On ne savait pas si tu avais péri dans l'incendie. Mais j'ai toujours gardé espoir.

— Moi aussi. Quelque part, au fond de moi, je sentais que vous étiez vivant.

Un silence s'installa. Puis Oguri demanda :

— Comment as-tu su que c'était moi dans le village ? Tu ne pouvais pas me voir.

— J'ai reconnu votre odeur.

— Mon odeur ?

— Oui. Quand on perd un sens, les autres se développent. Votre parfum… je ne pouvais pas l'oublier.

— Je vois. Finalement, je dois sentir bon.

Ils éclatèrent de rire.

— On peut dire ça comme ça.

Le lendemain matin, Kai quitta la chambre d'hôpital, accompagné d'Oguri et d'Asano. Ce dernier avait géré tous les papiers administratifs. Ils n'avaient plus qu'à descendre au parking, prendre la voiture et rentrer.

Alors qu'ils s'apprêtaient à monter dans le véhicule, plusieurs voitures déboulèrent, sirènes hurlantes, et les encerclèrent. Des policiers sortirent en trombe, armes pointées.

— Monsieur Oguri Yu□! Vous êtes en état d'arrestation□! Levez les mains en l'air□!

Oguri leva lentement les mains, bien haut, pour montrer qu'il n'était pas armé. Il savait que le moindre geste brusque pouvait déclencher une fusillade. Et il ne voulait pas risquer la vie de Kai.

Ce n'était pas la première fois qu'il se faisait arrêter. Et encore moins de cette manière. C'était devenu presque une routine. Une façon pour les autorités de tenter de lui soutirer des informations. Et cette fois, cela concernait sûrement Wong… et Kai.

— Messieurs, messieurs□! Pas besoin de tout ce cirque□! Vous auriez simplement pu m'informer que vous souhaitiez me voir ! Je serais venu directement au poste !

— Yu□ ! s'écria Kai en voulant s'approcher.

— Non□ ! cria Asano en le retenant doucement mais fermement. Ne vous inquiétez pas. Ils ne le garderont que quelques jours. Ils le relâcheront par la suite. Il reviendra bientôt.

— Mais…

— Kai, dit Oguri sans se retourner. Reste avec Asano. Fais ce qu'il te dit. Ne t'inquiète pas. J'ai l'habitude. Je reviendrai. Je te le promets.

Il s'avança lentement vers les policiers. Ils lui passèrent les menottes, l'emmenèrent vers leur véhicule. Avant que la portière ne se referme, Oguri jeta un dernier regard à Kai. Un regard chargé de promesses.

Le jeune homme resta figé, incapable de bouger. Les gyrophares s'éteignirent. Les voitures repartirent.

— Ce n'est pas vrai… murmura-t-il, la gorge serrée.

— Venez, dit Asano en l'aidant à monter dans la voiture.

Asano conduisit Kai directement à la résidence. Il l'accompagna jusqu'au salon, veillant à ce qu'il ne manque de rien. Kai s'assit sur l'un des canapés, poussant un soupir long et profond. Le genre de soupir qu'il ne faisait que lorsqu'un poids pesait sur son cœur.

Il était de retour dans un lieu familier, un lieu qui aurait dû lui apporter du réconfort. Mais quelque chose manquait. Quelqu'un manquait à l'appel : Oguri.

— Monsieur Oguri a dit que nous devons vous considérer comme si vous étiez lui, déclara Asano avec respect. De ce fait, vous êtes libre de circuler partout dans la résidence et de profiter de tout ce qu'il y a. Mais je vous recommanderais cependant de ne pas sortir seul en ville. Voir même de ne pas sortir tout court. Le dîner est prêt et vous attend.

Kai baissa la tête.

— J'aurais préféré le partager avec lui. Nous venons à peine de nous retrouver… Et maintenant… comment va-t-il sortir de là□?

Asano hésita un instant, ne comprenant pas tout de suite ce que Kai voulait dire. Kai était en train de lui dire qu'Oguri lui manquait ? Il répondit avec calme :

— Ce n'est pas la première fois que la police emmène Monsieur Oguri. Il reviendra dès qu'ils auront terminé avec lui.

— Vraiment□?

— Oui. Ils n'ont rien de concret contre lui. C'est une manière détournée d'obtenir des informations.

Rien de plus. C'est ainsi que les choses fonctionnent dans ce milieu.

Kai fronça les sourcils.

— Mais quelles informations cherchent-ils ?

— Des détails sur certaines de ses affaires en cours. Et probablement sur la disparition de Wong. Oguri et le chef de la police se connaissent bien. Ils savent tous les deux qu'il n'y a pas de charges solides. Mais en procédant ainsi, ils lui rappellent qu'il est toujours sous surveillance.

Kai resta pensif.

— Je croyais que Yu était l'une des personnes les plus recherchées. Si c'est le cas, pourquoi le relâcheraient-ils ?

— Kai, vous avez vécu loin de ce monde. Il est normal que vous ne compreniez pas tout immédiatement. Faites-moi confiance. Oguri reviendra. Il est bien trop malin pour se faire piéger par ces représentants de l'ordre. Il faut juste attendre.

Kai se leva lentement et suivit Asano jusqu'à la salle à manger. Il s'installa à la table, face à une assiette soigneusement dressée. Mais l'appétit n'était pas là. Son regard ne cessait de se poser sur la chaise vide, celle où Oguri aurait dû être assis.

L'après-midi passa lentement. Kai erra dans la bibliothèque personnelle d'Oguri, effleurant les reliures, lisant quelques lignes sans vraiment les comprendre. Le soir venu, il monta dans la chambre de Yu. Il s'allongea dans le grand lit, fixant longuement le peignoir sombre posé sur le couvre-lit, comme s'il attendait son propriétaire. Finalement, il s'endormit dans ce lit trop vaste, trop vide.

Le lendemain matin, des coups discrets frappèrent à la porte.

— Monsieur Haneda, je suis désolé de vous déranger si tôt, dit Asano d'une voix tendue. Mais des policiers sont en bas. Ils souhaitent vous voir immédiatement.

Kai se redressa, totalement surpris.

— Maintenant ?

— Oui. Et je crains que si vous ne descendez pas, ils ne montent eux-mêmes vous chercher.

— Très bien. Dites-leur que j'arrive.

Asano descendit presque aussitôt. Kai l'entendit s'éloigner, et à l'intonation de sa voix, il comprit que celui-ci n'était pas rassuré. Il s'habilla rapidement, le cœur battant. Pourquoi venaient-ils maintenant ? Pourquoi ne l'avaient-ils pas interrogé hier ? Cherchaient-ils à le piéger ? Il ne leur donnerait pas ce plaisir.

En bas, dans le salon, trois hommes l'attendaient. Deux policiers en uniforme et un homme en civil.

Probablement un enquêteur. Ils se levèrent dès qu'il entra. Leur regard était froid, professionnel, mais pas hostile. Le policier en civil s'avança.

— Monsieur Kai Haneda□ ?

— C'est bien moi, répondit Kai en les saluant poliment et gardant la tête haute.

— Nous avons quelques questions à vous poser. Vous avez disparu depuis plusieurs mois. Nous vous croyions mort !

Kai s'assit calmement en face d'eux. Une posture qui ne laissait paraître aucune crainte.

— Je ne vois pas pourquoi, dit-il d'un ton posé.

Les policiers échangèrent un regard visiblement surpris. Asano, debout derrière Kai, fronça les sourcils. Il ne s'attendait pas à une telle assurance. Kai, d'ordinaire réservé, timide et surtout d'un naturel trouillard, semblait étrangement serein. Il avait une posture, celle d'un homme qui faisait partie de la maison…

Mais Asano savait que chaque mot prononcé allait peser lourd. Car si Kai disait quelque chose de compromettant, Oguri risquait gros. Cette fois, il ne sortirait pas de sa garde à vue.

— Monsieur Haneda, reprit l'enquêteur. Vous avez disparu le jour où vous étiez placé sous protection policière. Le policier chargé de votre escorte a été tué.

— Oui, je sais. Il a reçu une balle perdue en pleine tête, et une autre ailleurs je ne sais plus où. J'étais présent lors de la fusillade je vous le rappelle. J'étais en première ligne. Je me suis retrouvé seul, au milieu du chaos. J'ai tenté de survivre. J'ai moi-même été blessé. C'est normal que vous n'ayez pas eu de mes nouvelles. Et je m'en excuse.

— Qui vous a soigné□ ? demanda le policier, surpris.

— Yu Oguri m'a sauvé. Lors de l'altercation avec Wong.

— Il vous a sauvé□ ? répéta l'enquêteur, encore plus surpris. Il ne vous a donc pas retenu contre votre gré□ ? Il ne vous a pas menacé de représailles si vous nous parlez ?

Asano se raidit. Il comprenait où l'enquêteur voulait en venir. Il cherchait à faire tomber Oguri. Et Kai, s'il voulait se débarrasser de cet homme, en avait le pouvoir. Le pouvoir de le faire arrêter, de le faire tomber. Asano se demanda si Oguri avait bien fait de sauver ce jeune homme. Il était devenu une faille et pas des moindres… Selon ce qu'il dirait, ce qu'il montrerait, cela pouvait tout simplement porter préjudice à Oguri.

Mais Kai ne se laissa pas intimider pour autant. Il n'aimait pas la police. Il ne leur donnerait rien.

— Si Monsieur Oguri ne m'avait pas emmené avec lui, je serais mort. Wong voulait ma peau. Yu m'a protégé, soigné, nourri. Il était ma seule chance de survie.

— Donc vous affirmez qu'il ne vous a pas séquestré, ni maltraité, ni manipulé□?

— C'est exact. Je n'ai subi aucune violence, ni physique ni morale. J'ai bénéficié de la meilleure protection possible.

Un silence de mort s'installa. L'enquêteur, qui semblait déçu, nota quelque chose dans son carnet. Puis, il se leva.

— Merci pour votre coopération, Monsieur Haneda. Nous reviendrons vers vous si nécessaire.

Ils se dirigèrent vers la porte, s'apprêtant à partir. Asano qui s'empressa de les accompagner souffla enfin.

Kai se leva, se dirigea vers la fenêtre. Il regarda le ciel. Et murmura :

— Reviens vite, Yu.

Asano était à la fois surpris et soulagé. Il ne s'attendait pas à une telle réponse de la part du jeune homme. Mais surtout, il le voyait changé. Plus sûr de lui. Plus mature. Quelque chose en lui avait évolué.

L'inspecteur, lui, restait perplexe. Au moment de passer la porte, il se retourna et dit :

— Nous ne savons toujours pas si Wong est vivant ou non. De ce fait, nous ne pouvons pas affirmer si votre vie est encore en danger.

— Je pense sincèrement que je ne risque rien ici, répondit Kai tournant simplement la tête vers eux.

Monsieur Oguri m'a protégé, et il me protégera encore si nécessaire.

L'inspecteur parut décontenancé. Il s'attendait à autre chose. Peut-être à un jeune homme encore fragile, influençable. Mais Kai parlait avec assurance. Et ses mots étaient clairs.

— Vous souhaitez donc rester dans cette résidence avec Monsieur Oguri ?

— C'est tout à fait ça. J'ai trouvé ma place ici. J'ai trouvé des amis. Et je me sens en totale sécurité.

— Vous savez qui est Monsieur Oguri ? Vous savez dans quoi vous vous embarquez en restant auprès de lui ?

— J'en ai pleine conscience, monsieur l'inspecteur. Monsieur Oguri ne m'a rien caché. Je sais ce qu'il est. Et je pense être plus en sécurité avec lui qu'avec n'importe qui d'autre.

Les trois policiers échangèrent un regard surpris. Le Kai Haneda dont on leur avait parlé n'avait plus rien à voir avec celui qui se trouvait devant eux. L'inspecteur comprit. Ils avaient perdu. Ils avaient sous-estimé ce garçon. Et ils avaient perdu une occasion de faire tomber Oguri.

— Nous n'avions pas prévu que vous croiseriez ces deux hommes sur la route. Nous sommes sincèrement désolés de ce qui vous est arrivé.

— Pas autant que moi, répondit Kai, le ton sec.

L'inspecteur tendit sa carte a Asano, visiblement déçu. Il comprenait qu'il ne ferait pas changer d'avis ce jeune homme. Quoi qu'ait fait Oguri, il avait gagné sa confiance. Et rien ne pourrait la briser.

— Nous ne pouvons pas vous emmener par la force. Vous êtes majeur. Nous espérons seulement que vous avez pris votre décision en toute connaissance de cause.

— Je ne suis plus le gamin que vous avez rencontré il y a quelques mois, répondit Kai calmement. Depuis, j'ai beaucoup appris.

Il prit la carte qu'Asano lui tendit, la regarda brièvement.

— En cas de besoin, n'hésitez pas, dit l'inspecteur.

— Je m'en souviendrai.

Les policiers furent raccompagnés par Asano. Lorsqu'il revint, il observa Kai longuement, comme s'il le redécouvrait.

— Vont-ils relâcher Yu maintenant □ ? demanda Kai lorsque celui-ci fut revenu.

— Vous avez été remarquable, dit-il.

— Je n'ai fait que dire la vérité.

— Vous aviez compris que vos réponses allaient déterminer s'ils le relâcheraient ou non ?

— Évidemment ! Cet inspecteur voulait que je fasse tomber Oguri. Je ne lui donnerai jamais ce plaisir ! Pour qui ils se prennent ? On n'est pas des lapins de six semaines tout de même !

Kai quitta la pièce sur ces mots. Asano sourit.

— Cet inspecteur n'est pas le seul à avoir été surpris, murmura-t-il. Monsieur Haneda, vous avez vraiment changé. Vous n'êtes plus le jeune garçon apeuré que nous avons recueilli. Et je m'en réjouis.

Kai passa le reste de la journée allongé sur le lit d'Oguri. Il n'avait pas envie de se lever. Pas envie de bouger. L'attente était trop longue. Trop pesante.

Asano vint lui apporter son repas dans la chambre.

— Je n'ai toujours pas de nouvelles, dit-il devant le regard interrogateur de Kai. Mais sachez que la plus longue garde à vue a duré presque trois jours.

Kai soupira. Asano repartit, laissant le plateau. Kai grignota un peu, puis se recoucha. Le soir, Asano revint avec le dîner, et repartit avec le plateau du midi. Toujours pas de nouvelles.

Le lendemain matin, Kai se réveilla avec une étrange sensation. Il se sentait bien. Rassuré. Il avait chaud. Et cette odeur…

Cette odeur qu'il aimait tant.

Il ouvrit lentement les yeux. Et là, il le vit.

Oguri.

Assis près de lui, le regard posé sur lui avec tendresse.

— Yu□? s'écria Kai en se redressant. Mais…

— Ils m'ont relâché tôt ce matin. Mais tu dormais si bien… je n'ai pas voulu te réveiller.

Kai se jeta dans ses bras.

— Je suis tellement heureux□ !

Oguri le serra fort. Heureux. Il l'était aussi. Peut-être même plus encore. Car Kai venait enfin de lui ouvrir son cœur.

— C'est grâce à toi, murmura Oguri. Tu aurais pu me faire arrêter. Tu aurais pu me faire disparaître.

— Certainement pas ! répondit Kai en le serrant encore plus fort.

Ils restèrent ainsi, longtemps, dans le silence. Juste eux. Leur respiration. Leur chaleur. Leur présence.

En fin d'après-midi, Oguri se leva.

— Prépare-toi. Ce soir, je t'emmène dans un restaurant de la ville. On va fêter nos retrouvailles !

Il prit sa douche pendant que Kai s'habillait. Il ne voulait pas le brusquer. Ils avaient tout le temps maintenant.

Il avait appris que le clan de Wong avait désigné un nouveau chef. Son second, probablement. Mais quelque chose avait changé. La guerre semblait terminée.

Si Oguri ne vengeait pas la mort de son homme, l'autre clan ne riposterait pas. Chacun allait reprendre ses affaires, en gardant ses distances. Et peut-être, enfin, la paix.

Oguri espérait que ce jour marquerait la fin de cette guerre insensée. Et le début d'une nouvelle vie. Une vie avec Kai.

Oguri espérait ne plus jamais avoir à tuer. Une nouvelle vie s'offrait à lui. Et il comptait bien en profiter pleinement.

Ce soir-là, Asano les conduisit au fameux restaurant. Un lieu chic, élégant, presque intimidant. Kai, bien évidemment, n'y avait jamais mis les pieds. Il fut surpris dès l'entrée, lorsque le personnel leur prit leurs vestes avec courtoisie, les traitant comme des clients de marque.

Oguri avait réservé une table légèrement à l'écart. Un coin tranquille, à l'abri des regards. Il savait que Kai serait sans doute mal à l'aise dans un tel endroit. Et il voulait lui offrir un moment paisible.

Le repas se déroula dans une ambiance feutrée. Oguri observait Kai avec amusement. Le jeune homme semblait perdu face aux multiples choix du menu. Il hésitait, rougissait, jetait des regards furtifs à Oguri.

— Tu veux que je t'aide□? demanda celui-ci avec un sourire bienveillant.

Kai acquiesça timidement. Oguri choisit pour lui, en fonction de ses goûts. Le plat arriva, puis le dessert. Tout se passait bien.

Mais au moment du dessert, Kai se leva.

— Je vais aux toilettes, murmura-t-il.

Un serveur lui indiqua le chemin. Kai s'éloigna, le cœur battant. Il était rouge comme une pivoine. Il avait chaud, très chaud. Ce n'est qu'en marchant dans le couloir qu'il réalisa…

Oguri l'avait invité. C'était un rendez-vous. Leur premier rendez-vous. Un rendez-vous entre hommes.

Il entra dans les toilettes, encore troublé. Un autre homme était là, en train de se laver les mains. Kai fit de même, sans vraiment y prêter attention. Il était perdu dans ses pensées, dans ses émotions.

Puis, il se retrouva seul. Il n'avait pas entendu la porte s'ouvrir ni se refermer. Il s'essuya les mains lentement, le regard dans le vide.

En sortant dans le couloir, il aperçut de nouveau l'homme. Celui-ci semblait avoir fait tomber un papier.

— Monsieur ? S'il vous plaît ! Vous avez perdu un papier !

Kai se pencha pour le ramasser. Et c'est à ce moment-là qu'il sentit une piqûre à l'épaule. Brève. Froide. Inattendue.

Il se redressa brusquement. Mais déjà, tout devenait noir. Son corps se déroba. Son esprit s'éteignit.

Il n'eut même pas le temps de sentir s'il touchait le sol.

CHAPITRE 6

Kai se sentait étrangement faible. Son corps semblait flotter entre deux états : demi-conscience et lucidité. Il percevait vaguement la douceur d'un matelas sous lui. Un lit confortable. Trop confortable.

Il lui fallut plusieurs minutes pour ouvrir les yeux. Et encore plus pour pouvoir bouger. Ses muscles étaient engourdis, comme s'ils ne lui appartenaient plus.

Kai reprit conscience dans une chambre qu'il ne reconnaissait pas. Le plafond était orné de moulures dorées, les murs tapissés d'un velours discret. Trop luxueux. Trop silencieux.

Il se redressa lentement. Son corps refusait de bouger, comme s'il avait dormi des jours. Il tenta de se lever, mais ses jambes tremblaient. Il s'appuya sur le mur, avançant à tâtons.

Pas de fenêtre. Juste une porte invisible, fondue dans le décor.

Ce n'était pas la chambre d'Oguri. Ni celle de Wong. Ni aucun lieu familier.

Il fronça les sourcils, tentant de rassembler ses souvenirs. Il se revit, quelques heures plus tôt, ou étaient-ce des jours□ ? Dans ce restaurant chic. Avec Oguri. Leur première sortie. Leur premier rendez-vous.

Il se souvenait du repas, des sourires, de l'ambiance feutrée. Puis… les toilettes. Le papier est tombé. L'homme inconnu.

Et ensuite… Le vide. Un trou noir complet.

Kai réussit à s'asseoir, se tenant la tête. La pièce semblait tourner autour de lui. Un vertige sourd l'envahissait.

Le silence était total. Pas un bruit. Pas un souffle.

Tout semblait étrangement calme. Trop calme.

— Où suis-je ?

Aucune réponse.

— J'ai été drogué… On m'a enlevé. Encore ? Mais pourquoi ?

Il se leva lentement, s'aidant des meubles pour avancer. Chaque pas était une lutte. Le sol semblait onduler sous ses pieds.

La chambre était décorée avec goût : Une moquette couleur terre, épaisse et douce. Un bureau en bois sombre. Un mur entier couvert de livres. Un fauteuil en cuir, une petite table, une chaise.

Il trouva une porte menant à une salle de bains attenante, équipée de toilettes. Mais aucune fenêtre. Et aucune autre issue visible.

La lumière venait d'un plafonnier artificiel. Impossible de savoir s'il faisait jour ou nuit. Impossible de savoir depuis combien de temps il était là.

Kai longea les murs, cherchant une ouverture. Rien. Juste des parois lisses, impeccables. La porte d'entrée devait être dissimulée. Invisible.

Il s'arrêta, le souffle court. Puis, dans un élan de colère et de peur, il cria :

— Pourquoi ? Pourquoi vous faites ça ?

Sa voix résonna dans le silence. Mais aucune réponse ne vint.

Il hurla encore, jusqu'à ce que sa gorge le brûle. Puis il s'effondra dans le fauteuil, épuisé.

Il resta là, immobile, les yeux fixés sur les murs. S'il était à l'intérieur, il devait forcément y avoir une entrée. Et donc une sortie.

Mais pour l'instant, il était seul. Seul et encore prisonnier.

Il s'approcha d'une bibliothèque. Des livres, soigneusement rangés. Il en prit un, le feuilleta. Tout semblait réel. Trop réel.

Kai sursauta. Un claquement sec brisa le silence. Une fente s'ouvrit dans le mur. Un homme en noir entra, visage masqué, déposa un plateau-repas, et ressortit sans un mot.

Il se précipita vers la porte, mais elle se referma aussitôt. Il frappa, hurla, rien.

— Eh ! cria Kai, courant vers l'endroit où l'homme avait disparu.

— Qui êtes-vous ? Que me voulez-vous ? Qu'est-ce que je fais ici ?

Il frappa le mur, cherchant une faille, une ouverture. Mais la porte s'était totalement fondue dans la paroi. On distinguait à peine une fine fente, comme une cicatrice dans le mur. Ils avaient pensé à tout. La poignée devait être à l'extérieur. Kai était bel et bien de nouveau prisonnier.

Il recula, frustré, et soupira. Il n'avait pas le choix. Il devait attendre. Observer. Comprendre.

Il s'assit et regarda le plateau. Un repas complet, chaud, soigneusement présenté. Rien d'empoisonné, semblait-il. Il mangea lentement, plus pour passer le temps que par faim. Chaque bouchée était une tentative de reprendre le contrôle. De garder l'esprit clair.

Une fois le repas terminé, il reposa le plateau sur la table. Puis, il se leva et se dirigea vers la bibliothèque. Des dizaines de livres, tous en parfait état. Des romans, des essais, des ouvrages historiques. Il choisit un livre au hasard et s'installa dans le fauteuil.

Le temps passa. Lentement. Trop lentement.

Puis, enfin, un nouveau claquement. La porte.

Kai bondit sur ses pieds. Cette fois, il ne laisserait pas l'homme repartir.

Il se jeta vers l'ouverture, déterminé à sortir ou à obtenir des réponses. Mais à peine eut-il franchi le seuil qu'une douleur fulgurante le traversa.

Son corps se figea. Ses jambes se dérobèrent. Il s'effondra au sol, incapable de bouger.

Un cri étouffé s'échappa de ses lèvres. Une douleur atroce, comme si ses nerfs avaient été électrocutés. Il tenta de se relever, mais son corps ne répondait plus.

Il resta là, allongé, haletant, les yeux fixés sur le plafond. La porte ne s'était pas encore refermée. Et lui, brisé, gisait au sol.

Son corps était comme paralysé. Une décharge. Violente. Sèche. Inattendue.

Kai était incapable de bouger, les muscles tétanisés. Ses yeux, seuls, pouvaient encore bouger. Et c'est ainsi qu'il aperçut un deuxième homme, posté à côté du premier. Vêtu de noir, lui aussi. Un petit appareil dans les mains. Un sourire cruel sur le visage.

— Qu'est-ce que tu croyais, petit ? lança-t-il en le regardant de haut.

— Pouvoir t'échapper comme ça ? Tu rigoles ou quoi ?

— Tu as affaire à des pros !

Ils éclatèrent de rire. Un rire sec, mécanique, sans chaleur. Puis, sans un mot de plus, ils changèrent le plateau-repas et ressortirent. La porte se referma, comme toujours, sans bruit.

Kai resta là, au sol, le souffle court. Il mit un long moment à se remettre. Ses membres picotaient, engourdis. Il se traîna jusqu'au fauteuil, les jambes tremblantes. Le repas était froid. Mais il le mangea quand même. Par nécessité. Par automatisme.

Dès lors, il resta loin de la porte. À chaque claquement, il se contentait d'observer. Il ne comptait plus les visites. Il avait perdu la notion du temps. Les jours ? Les heures ? Les semaines ? Tout se mélangeait.

Il comprit qu'il ne s'échapperait pas seul. Ce lieu était trop bien conçu. Trop surveillé. Il lui faudrait de l'aide extérieure.

Oguri. Il devait le chercher. Il en était sûr. Mais cela prendrait du temps. Peut-être trop.

Il devait tenir. Tenir coûte que coûte.

Une pensée le traversa. Wong. Et s'il n'était pas mort ? Ils n'avaient jamais eu de preuve formelle. Pas de corps. Pas de certitude.

Mais alors… pourquoi ne s'était-il pas montré ? Pourquoi envoyer des hommes ? Pourquoi ce silence ?

Non. Il devait y avoir une autre raison. Une raison qu'il n'avait pas encore envisagée. Quelque chose de plus grand. De plus complexe.

Et maintenant, la peur revenait. Cette peur sourde, familière. Celle qu'il connaissait trop bien. Pas la peur de mourir. Non. La peur de ne pas savoir. De ne pas comprendre ce qui l'attendait.

C'était pire. Bien pire.

Kai soupira. Ses mains tremblaient. Il les serra contre lui, tenta de les calmer. Mais son cœur battait trop vite. Son esprit tournait en boucle.

Il ferma les yeux. Et murmura, presque inaudible :

— Tiens bon, Kai. Tiens bon…

Puis, un jour, ils furent plusieurs.

Deux hommes en costume noir l'attrapèrent sans ménagement. Kai se débattit, en vain. Ils le dévêtirent, le plaquèrent contre le mur.

— Qu'est-ce que vous faites ? hurla-t-il.

Un troisième homme entra. Costume élégant. Regard froid. Il s'approcha, l'inspecta de haut en bas comme un objet.

— Il est jeune. Vierge. Belle peau. Il fera l'affaire !

Kai se mit à rougir de honte. Surtout lorsque le regard de cet homme s'arrêta longuement sur son bas-ventre et son postérieur sans aucune gêne.

Kai se figea.

— Vous… vous allez me vendre ?

— Tu seras bien traité. Nourri. Logé. Et utilisé. C'est tout ce qu'on attend de toi !

Kai tremblait. Il voulait hurler, frapper, fuir. Mais son corps ne répondait plus.

— Je suis un homme ! Vous n'avez pas le droit !

— Un rebelle ? J'aime assez. Surtout s'il faut l'apprivoiser… et le dresser ensuite. C'est le plus excitant !

Son souffle était froid. Son regard, brûlant. Il avait caressé le visage de Kai, lui avait pris et tâté l'épaule droite. Il relâcha Kai, se retourna et fit un pas vers la sortie.

Mais Kai, le cœur battant, lança d'une voix tremblante :

— Wong… murmura-t-il. C'est lui, n'est-ce pas ? Il veut se venger ?

Le silence s'installa. Les hommes se figèrent. Le nom avait fait mouche.

— Tu connais Wong ? demanda l'acheteur, soudain nerveux.

— Il m'a enlevé. Il voulait faire de moi son amant. Il a échoué.

Les hommes se regardèrent visiblement surpris, mais surtout une pointe d'anxiété se lisait dans leur yeux.

— C'est Wong, hein ? Il a fait ça pour se venger de moi ? Parce que je me suis refusé à lui ? Alors, faites-le venir ! Que je puisse lui dire ce que je pense de son attitude !

Silence. Puis, comme un frisson dans la pièce, tous se retournèrent. Leurs visages changèrent. Leur assurance s'effondra. Ils se regardèrent entre eux, troublés. Comme si Kai venait de prononcer un nom interdit.

Le deuxième homme s'approcha lentement. Son regard n'était plus arrogant. Dans son regard, il y avait… de la peur.

— Tu connais bien Wong ? demanda-t-il, presque à voix basse.

Kai le fixa, les yeux brillants de colère.

— Évidemment que je le connais ! Il a voulu faire de moi son amant. J'ai réussi à m'échapper. Et maintenant, quoi ? Ce n'est pas lui qui vous a envoyé ? Il ne veut pas se venger ? Il ne veut pas me reprendre ?

Le silence s'épaissit. Le deuxième homme fit un geste. Ceux qui retenaient Kai le relâchèrent aussitôt. Sans un mot. Ils sortirent, comme foudroyés.

Kai se précipita sur son kimono, l'enfila à la hâte. Les deux autres hommes s'apprêtaient à quitter la pièce.

— Et maintenant ? cria-t-il. Il se passe quoi ? Je deviens quoi, moi ? Relâchez-moi ! Je veux sortir ! Vous n'avez pas le droit !

Il se jeta sur la porte. Mais elle se referma juste devant lui. Il tambourina, hurla, frappa.

— Bande de salauds ! Je suis un être humain ! Je veux sortir ! Vous n'avez pas le droit !

Mais personne ne répondit.

Kai ne voulait pas finir comme ça. Pas comme un jouet sexuel pour des pervers richissimes. Mais que faisait Oguri ? L'avait-il oublié ? Le recherchait-il encore ?

Les plateaux continuaient d'arriver. Personne ne réagissait au fait qu'il n'y touchait plus.

— Ils pensent que je vais craquer, murmura-t-il. Je dois tenir. Même si je dois en mourir.

Le temps devint flou. Kai ne savait plus combien de jours s'étaient écoulés. Son corps faiblissait. Il ne pouvait plus se lever. Il restait là, sur le fauteuil, attendant la mort.

Il se disait que la vente avait été annulée. Que le nom de Wong avait tout changé. Au moins, il n'avait pas fini dans le lit de ce monstre.

Il n'entendait plus les portes. Ni les pas. Ni les voix.

Quand on entra, il ne réagit pas. Quand on l'ausculta, il ne bougea pas. Quand on l'appela par son nom, il ne répondit pas.

Il sentit vaguement qu'on le déplaçait. Peut-être le croyaient-ils mort. Peut-être allaient-ils le jeter dehors.

Puis, une piqûre dans le bras. Et le noir complet.

Des voix. Des voix à l'extérieur.

Kai ouvrit les yeux. Il était vivant. Encore.

Un grand lit. Une chambre baignée de lumière. Une porte-fenêtre ouverte sur le soleil. Un kimono clair sur lui. Des chaussons au pied du lit.

Il se leva lentement. Des vertiges, mais moins violents. La porte s'ouvrit sans résistance.

Un couloir vide. Pas de garde. Pas de verrou.

— Je ne suis plus captif ? Oguri m'a retrouvé ?

Il descendit les escaliers. Une vaste salle à manger, vide. Les portes vitrées ouvertes. La chaleur douce. Des voix, au loin.

Il sortit. Le soleil l'aveugla. Les oiseaux piaillaient. Les arbres étaient étranges. Les fleurs inconnues.

Ce n'était pas le Japon. C'était ailleurs. Loin.

Il marcha, lentement. Soutenu par la rambarde. Puis par les arbres. Il se sentait faible. Mais libre.

Il aperçut un groupe d'hommes près d'une voiture sombre. Il accéléra. L'espoir le portait.

Ils lui tournaient le dos. Puis l'un d'eux se retourna. Puis tous.

Et Kai vit. L'homme du milieu. Costume sombre. Cheveux longs attachés. Un grand sourire aux lèvres.

Wong.

— Kai ? Tu n'aurais pas dû te lever si tôt ! Tu dois être épuisé ! Attends, on va s'occuper de toi !

Kai s'écroula. Le corps vidé. L'âme brisée.

Il ferma les yeux. Et cette fois, il espéra ne plus jamais les rouvrir.

CHAPITRE 7

— Cela ne te servira à rien de continuer à déprimer ainsi, fit Wong en posant le plateau-repas sur la petite table.

Kai ne répondit pas tout de suite. Il fixait le mur, le regard vide.

— Vous devriez me tuer, murmura-t-il enfin. Je ne céderai jamais à vos avances. Je ne serai jamais à vous. Pas de mon plein gré en tout cas.

Wong esquissa un sourire, presque amusé.

— Vraiment ? Tu comprends maintenant qu'Oguri ne pourra pas te retrouver de sitôt. Nous sommes dans un autre pays. Un pays dont tu ignores tout : la langue, les coutumes, les lois.

Sans papiers, tu n'es rien ici. Une évasion ne te mènerait nulle part. Et si tu tentes quoi que ce soit, on te ramènera aussitôt. J'ai des amis ici. Des amis haut placés. Quoi que tu fasses, tu reviendras à moi.

Il sortit, le laissant seul dans la chambre.

Kai jeta un œil au plateau. Il n'avait pas faim. Que pouvait-il faire dans une telle situation ? Comment Oguri pourrait-il le retrouver maintenant ? Il l'avait toujours retrouvé… mais cette fois, il était ailleurs. Un autre pays. Un autre monde.

Pourquoi Wong changeait-il sans cesse de lieu ? S'il était si sûr de lui, pourquoi fuir ?

Finalement, Kai mangea. Il n'avait plus rien à perdre. Mais il redoutait le moment où Wong s'occuperait de lui personnellement. Et cette pensée le terrifiait plus que la mort.

Le lendemain, Kai se réveilla dans une nouvelle chambre. Plus petite. Plus sombre. Un homme en costume noir entra et déposa le petit-déjeuner. Kai ne toucha à rien.

Il s'assit sur le lit, les tempes douloureuses. Il se sentait constamment fatigué. Ils mettaient sûrement quelque chose dans la nourriture.

Il ne savait pas combien de temps s'était écoulé quand une femme entra, portant un autre plateau. Elle sembla surprise de le voir là. Elle lui parla dans une langue inconnue, désignant le repas.

— Je ne comprends pas ce que vous dites, Madame, répondit Kai en japonais.

Elle tenta une autre langue. Puis une autre. Rien.

— Dites-moi… dans quel pays sommes-nous ? demanda-t-il.

Elle continua à parler, mais Kai ne comprenait toujours pas. Il comprit alors que sa venue était une erreur. Mais une erreur précieuse.

Il lui fit signe : un stylo, une feuille. Elle sortit une feuille et un crayon de sa poche.

Kai dessina la carte du Japon. Elle acquiesça, puis dessina une autre carte. La France.

— La France… murmura-t-il.

Il la remercia d'un regard. Mais la porte s'ouvrit brusquement. L'homme en noir entra, furieux. Il cria sur la femme dans une langue inconnue. Elle sursauta, effrayée.

Kai eut juste le temps de cacher la feuille et le crayon. Avant de sortir, la femme lui lança un dernier regard, un regard doux, presque complice.

— Qu'est-ce qu'elle t'a dit ? gronda l'homme.

— Rien. Je n'ai rien compris. Elle s'est sûrement trompée de chambre. Ce repas n'était pas pour moi.

L'homme le fixa longuement, puis sortit.

Kai déplia la feuille. La carte de France. Il la glissa dans sa poche.

— Alors je suis en France… Et cette chambre ressemble à une chambre d'hôtel. Comme toutes les autres. Pourquoi, Wong ? Pourquoi changer de lieu sans cesse ? Que crains-il ?

Il se leva. Deux plateaux. L'un d'eux était forcément drogué.

Il vida le contenu dans les toilettes, tira la chasse, puis se recoucha.

Quelques minutes plus tard, deux hommes entrèrent. Ils le palpèrent, le soulevèrent, le transportèrent.

Kai sentit l'ascenseur descendre. Une odeur de sous-sol. Puis l'arrière d'une voiture.

— Merde, dit l'un. On a oublié ce que Wong nous a demandé.

— On n'a qu'à aller le chercher.

— On ne peut pas le laisser seul.

— T'inquiète. Vu l'état dans lequel il est, il ne va pas se réveiller de sitôt !

La portière claqua. Le silence revint.

Kai attendit. Puis, ouvrit les yeux. Il se redressa lentement. Personne.

Il ouvrit la portière, sortit doucement. Le parking était désert.

Il se faufila entre les voitures. Un sac de sport oublié derrière un coffre. Il l'ouvrit : un jogging, des baskets. Trop grandes, mais discrètes.

Il se changea. Referma le sac. Sortit du parking comme s'il allait courir.

Dehors, le choc fut brutal. Le bruit, les gens, les voitures. Tout était différent. Les visages, les sons, les odeurs.

Il marcha, l'air de rien. Chaque voiture sombre le faisait frémir.

Un parc. Un banc. Des enfants, des chiens, des promeneurs. Il était différent, mais personne ne fit attention à lui. Il était vrai que la France accueillait bon nombre d'étrangers sur son sol.

Il s'assit. Il était libre. Mais pour combien de temps ?

Il ne pouvait pas appeler la police. Il n'avait pas de papiers. De plus, il ne parlait aucuns mots de Français. Wong avait sûrement tout prévu.

Le soir tomba. Un agent fit sortir les gens du parc. Kai suivit le mouvement, discret.

Il marcha longtemps. La nuit s'épaissit. Les rues se vidaient.

Puis, un couple. Des Japonais.

— Excusez-moi… Vous êtes Japonais ?

— Oui, répondit l'homme, surpris.

— On est bien en France ?

— Évidemment.

— Dans quelle ville ?

— Paris. Vous avez bu ou quoi ?

— Non… Je suis juste perdu.

— Bien, faites-vous soigner alors ! lança l'homme en entraînant la femme avec lui.

Kai soupira, les regardant s'éloigner rapidement. S'il se trouvait à Paris, la capitale de la France, alors il devait s'éloigner de cette ville au plus vite. Il reprit sa marche, suivant une route sans savoir où elle menait.

Au bout d'un moment, la pluie se mit à tomber. Fine d'abord, puis plus dense. Kai se sentit soudain vidé, épuisé. Il se réfugia sous un arrêt de bus désert et s'assit sur le banc. Il n'y avait plus personne dans les environs. La nuit était bien entamée. La plupart des gens dormaient.

Il posa sa tête contre le mur et, sans vraiment s'en rendre compte, s'endormit.

Il fut vaguement réveillé par une voix.

— Monsieur, vous allez bien ?

Kai ouvrit les yeux à moitié.

— Je ne sais pas… Je suis fatigué.

— Venez. Vous ne pouvez pas rester ici. C'est dangereux de dormir seul la nuit, surtout à Paris. Ce n'est pas le Japon ici. On ne peut pas s'endormir n'importe où.

Kai ne résista pas. Il se leva, guidé par ce jeune inconnu comme un automate. Ils prirent un bus, descendirent longtemps après, marchèrent encore. Kai ne se rendit même pas compte qu'ils étaient arrivés. Il s'écroula sur le canapé et s'endormit aussitôt.

Le jeune homme le recouvrit d'une couette et le regarda dormir.

— Eh bien… Je ne sais pas ce que vous avez vécu pour être aussi épuisé. Mais vous avez de la chance. Si vous aviez été ivre, je vous aurais laissé là. Ma famille m'a appris à toujours aider mon prochain. Et vous êtes Japonais, alors…

Il s'assit à côté, pensif.

— Mais qu'est-ce que vous faites en France ? Et dans un état pareil ? Vous vous êtes perdu ?

Kai se réveilla lentement. Il ouvrit les yeux, regarda autour de lui. Un lieu inconnu. Son cœur s'emballa. Et s'il avait été rattrapé ?

Il sursauta.

— Du calme ! Vous êtes chez moi, dit une voix amicale.

Kai se redressa, inquiet.

— Qui êtes-vous ? Vous n'êtes pas l'un des hommes de Wong ?

Le jeune homme le fixa, surpris. Il avait craint un délinquant. Mais la peur dans les yeux de Kai lui disait autre chose. Il comprit qu'il avait recueilli un jeune en détresse.

— Et vous, qui êtes-vous ? Je n'ai pas l'habitude de ramasser des Japonais errants et de les ramener chez moi. Je n'ai pas envie de me retrouver avec un tueur…

Kai s'assit lentement.

— Je m'appelle Kai Haneda. J'ai été enlevé par un homme nommé Wong. Il m'a emmené en France pour m'éloigner de celui que j'aime.

Le jeune homme haussa les sourcils.

— Wow. On dirait un scénario de film. T'es sûr que tu ne me baratines pas ? On n'est pas dans un manga, là !

Il hésitait. Mais quelque chose dans la voix de Kai sonnait vrai.

— C'est pourtant la vérité. Je leur ai échappé avant qu'ils me droguent à nouveau. Mais sans argent, sans repères… j'ai erré dans la ville. Je ne sais même pas où je suis.

— Je comprends pourquoi vous avez dormi deux jours d'affilée.

— Deux jours ?

— Oui. J'ai cru que vous ne vous réveilleriez jamais. Je m'appelle Takumi. Je suis étudiant ici. Je rentrais d'une soirée chez des amis français quand je vous ai trouvé, totalement affalé sous un arrêt de bus. Vous avez eu de la chance de ne pas tomber sur la police. Ils ne sont pas tendres avec les étrangers sans papiers.

Kai baissa les yeux.

— Je ne sais pas comment rentrer au Japon.

— Si ce Wong a pu vous emmener ici sans problème, c'est qu'il a des moyens. Je me trompe ?

— Non. Il est… le criminel le plus recherché du Japon. Il est le chef d'un clan.

Takumi se figea. Le chef d'un clan, cela voulait tout dire…

— Aïe. Alors vous et moi, on est en danger.

— Je ne vous cache pas que s'ils nous trouvent ici…

— Pour l'instant, ils ne savent pas où vous êtes. Sinon, ils seraient déjà là.

Kai se prit la tête entre les mains.

— Que vais-je faire maintenant ? Je ne peux pas rester chez vous. Je vous mettrais en danger. Je ne peux même pas appeler celui que j'aime. Je ne connais pas son numéro par cœur. Je suis foutu. Je n'ai aucune issue.

Takumi se leva, alla dans la cuisine et revint avec un plateau bien garnie.

— Pour l'instant, reposez-vous. Mangez. On réfléchira après. Le ventre plein, on réfléchit beaucoup mieux.

Kai prit le plateau, hésitant.

— Merci.

— Il n'y a vraiment personne qu'on pourrait joindre au Japon ?

— Je n'ai aucun numéro. Celui qui me protégeait s'appelle Yu Oguri. C'est le deuxième homme le plus recherché du Japon.

Takumi le regarda, bouche bée.

— Eh bien… Vous avez des fréquentations peu ordinaires, vous ! On ne le dirait pas en vous voyant pourtant !

— Ce n'était pas voulu. J'étais un type tout à fait ordinaire avant de les rencontrer. C'est une longue histoire.

— Vous allez avoir le temps de me la raconter. Je n'ai pas cours aujourd'hui, ni demain.

Kai raconta tout. Takumi écouta, les yeux écarquillés.

— Bon… Je crois que je n'ai pas le choix. Je vais appeler mon oncle au Japon. Il a eu des contacts avec des gens peu recommandables il y a de ça, quelques années. C'est le seul qui pourrait nous aider. Mais ça ne va pas lui plaire. Il n'aime pas trop qu'on parle de son passé.

— Comment ça ?

— Je vais lui demander de retrouver Oguri.

Kai secoua la tête.

— Oguri ? Ce ne sera pas facile. Ce milieu est fermé. Et Oguri est dangereux. Il ne se laisse pas approcher facilement. C'est la règle pour rester en vie dans ce milieu. On a tenté de le tuer plusieurs fois.

— Vous ne connaissez pas mon oncle ! dit Takumi avec un sourire en coin. Il suffit juste que je le convainque. Ce ne sera pas facile. Une fois que ce sera fait, il saura quoi faire. Il faudra juste attendre ensuite.

— Vous avez une drôle de famille, répondit Kai.

— Comment croyez-vous que mes études aient été financées ? Grâce à lui. Ma famille n'aurait jamais pu se permettre de telles dépenses. Il veut un meilleur avenir pour moi, puisqu'il n'a pas eu d'enfants.

— Je vois… Je ne sais pas comment vous remercier. Vous prenez de grands risques en m'aidant.

— Vous me remercierez quand vous serez de retour au Japon. La France est un beau pays, mais il faut la connaître. Et surtout, il faut comprendre les Français. Leur mode de vie, leur façon de penser… c'est très différent du nôtre. Il y a des avantages, bien sûr, mais aussi des inconvénients. Pour nous, Japonais, ça peut être un peu déroutant.

— Vous faites quelles études ?

—Langues étrangères. Je parle plusieurs langues maintenant, dont le français. Mon but est de devenir professeur dans une université japonaise. Le français est très prisé, même si c'est une langue difficile. Le fait d'avoir vécu ici est un vrai plus pour une future embauche. Et vous ? Que faisiez-vous avant toute cette histoire ?

— Je commençais à travailler dans une petite entreprise d'informatique… avant que tout ça n'arrive.

Takumi jeta un œil à sa montre.

— Bon, je vais tenter de joindre mon oncle. Même si, à cette heure-là, il doit dormir. J'aurai plus de chances qu'il accepte si je le prends à moitié endormi.

Il se leva et disparut dans la pièce d'à côté. Kai ne pouvait entendre la conversation. Il observa ce modeste appartement d'étudiant. Takumi devait travailler dur pour réaliser son rêve. Kai, lui, n'avait jamais eu cette chance. Il n'avait plus de famille depuis longtemps. De plus, il était pauvre. Il ne pouvait compter que sur lui-même.

Takumi revint, visiblement ravi.

— Mon oncle n'était pas très emballé… Mais il a déjà entendu parler d'Oguri. Ce n'est pas un petit morceau. Vous avez visé haut !

— Ce n'était pas voulu…

— Je m'en doute. Ces types, Wong et Oguri, ne sont pas des amateurs. Mon oncle m'a dit qu'ils se livrent une guerre sans merci depuis une dizaine d'années.

— Je les ai vus se tirer dessus… tuer sans hésiter. Mais le pire, c'est Wong. Il me fait vraiment peur. Il n'a aucun scrupule. Il fait les choses pour faire mal. Oguri, lui, a plus de cœur.

— Wong n'est pas un Japonais pur, d'après mon oncle. Il aurait des origines coréennes. Il doit avoir un sacré pedigree pour en être arrivé là.

—Votre oncle doit être très fort…

— Même la police ne sait pas qu'il a des origines coréennes.

— Je ne veux pas vous faire peur, mais à mon avis… Vous n'êtes pas près de sortir de ce milieu. Même si vous retrouvez Oguri, je doute qu'il vous laisse partir. Dans ce monde, on n'en sort rarement… sauf les pieds devant.

— Pourtant, votre oncle semble s'en être sorti.

— Oui. C'est l'exception qui confirme la règle. Il a passé des accords… des contrats. Je préfère ne pas en connaître les détails.

— Des accords ?

— Qu'il vaut mieux ignorer quand on est des gens simples comme nous. Maintenant, il faut juste attendre sa réponse. Pour un gars comme lui, ça ne devrait pas prendre plus d'une semaine.

Takumi s'approcha de Kai, le regard sérieux.

— En attendant, vous pouvez rester ici. Mais je vous demanderai de ne pas sortir. Vous voyez ce que je veux dire. Autant ne pas attirer l'attention.

CHAPITRE 8

Yamakami marchait d'un pas vif dans les rues sombres de la ville. Cela faisait longtemps qu'il n'était pas revenu ici, dans ce quartier réputé pour abriter les pires crapules du coin. Il regrettait déjà d'avoir accepté d'aider son neveu.

C'est vrai, Takumi ne lui demandait jamais rien. Il ne profitait pas de sa situation. Même si Yamakami finançait ses études en France, le jeune homme ne lui avait jamais réclamé d'argent. Un gars bien. Lui au moins ne connaîtrait pas la rue, ni le banditisme. Pas comme lui.

Un groupe de jeunes traînait à l'angle d'une ruelle. Yamakami les repoussa d'un simple regard.

Le plus âgé comprit aussitôt et fit signe aux autres de reculer.

Il continua son chemin, imperturbable, jusqu'à ce vieux bar qu'il avait fréquenté autrefois. Il s'assit au comptoir et observa les lieux.

— Finalement, cet endroit n'a pas changé, murmura-t-il.

Le barman surpris de le voir le reconnut aussitôt. Il s'approcha.

— Ça fait un bail, Yama. Je suppose que ta visite n'a rien d'anodin.

— Je viens pour affaire ben effet. Je dois rencontrer un type… Un type assez connu dans le milieu.

Le barman fronça les sourcils.

— Tu me fais peur. Ce genre de type ne traîne pas ici. Et ils ne parlent pas à n'importe qui.

— Je sais. Mais ses hommes, eux, traînent leurs oreilles un peu partout. Surtout quand ils cherchent des infos ultra importantes. Ce qui est le cas actuellement. Et il se trouve, que sans le vouloir, je possède ces informations.

— Et quel genre de message veux-tu faire passer ? Parce qu'en ce moment, certains ont la gâchette un peu facile. Il s'est passé quelque chose. Un truc grave.

— Yu Oguri. J'ai un message pour lui. Une info de première importance qui vaudrait de l'or si je la vendais. Mais je tiens à ma vie. Et puis, je suis à la retraite. C'est juste un service.

Le barman blêmit.

— Yu Oguri ? Tu vises haut. Ce type ne mettra jamais les pieds ici.

— Je sais. Mais ce que j'ai à lui dire pourrait calmer le jeu. Ce serait bon pour les affaires, non ?

— Alors, quel est le message ?

— Dis-lui que ce qu'il cherche… je sais où ça se trouve. S'il veut tout savoir, qu'il me contacte. Je ne dirai rien de plus. Trop de vies sont en jeu.

Yamakami se leva.

— Tu ne prends rien ? demanda le barman.

Il laissa quelques pièces sur le comptoir.

— Je ne bois plus depuis longtemps.

Le barman le regarda sortir, pensif.

Deux hommes, assis dans l'ombre, se levèrent peu après et le suivirent.

Yamakami marchait vers chez lui quand il sentit leur présence derrière lui. Il s'arrêta, se retourna brusquement.

— Ben voyons ! lança-t-il. Des amateurs qui veulent jouer ce soir ? Si vous me disiez ce que vous me voulez, ce serait plus simple. À moins que vous vouliez un peu d'entraînement ? Je suis partant. Faut bien transmettre aux plus jeunes. Alors, qui commence ?

— T'es bien courageux, le papy ! ricana l'un des hommes.

— C'est comme ça que vous respectez vos aînés ? Viens donc te frotter à moi, tu verras ce que ce vieux papy a encore dans le ventre !

L'homme se jeta sur lui sans attendre. Mais en une seconde, il se retrouva au sol, incapable de bouger.

— Alors ? demanda Yamakami. C'est qui le papy maintenant ? Tu portais encore des couches quand moi je faisais déjà trembler le milieu. Tu n'as aucune idée de qui je suis et de ce que j'ai vécu ?

Le deuxième homme s'approcha, mains levées, et retient le premier qui voulait se relever pour poursuivre le combat.

— Du calme. Tu as oublié le code de l'honneur ?
Ce type mérite le respect. Il a parcouru notre
chemin bien avant nous. Notre chef n'apprécierait
pas ton comportement. Excuse-toi, et on sera
quittes. N'est-ce pas, Monsieur ?

— Je m'excuse, dit l'autre, penaud.

Yamakami le relâcha.

— Alors, les jeunes, pourquoi me suivez-vous ?

— On a entendu votre conversation. Et on pense
que ça intéressera notre chef.

— Dites à Oguri que son petit protégé est en
France. En banlieue parisienne. C'est mon neveu
qui l'a recueilli.

— Comment vous remercier ?

— Pas la peine. J'ai tourné la page. Je suis un
citoyen lambda maintenant. Faites juste en sorte
que ce jeune retrouve la paix. Et que mon neveu

arrête de me réveiller en pleine nuit. À mon âge, le sommeil, c'est sacré !

Il tourna les talons et disparut dans la nuit.

Le premier homme voulut le suivre, mais le second le retint.

— Non ! On sait où se trouve Haneda. C'est tout ce qui compte !

— Ce type est un abruti ! Il vient de nous donner l'info… à nous, les hommes de Wong ! Et sans qu'on ait à lever le petit doigt !

— Justement. Parfois, la force n'est pas nécessaire. Ce type est fatigué. Il ne veut plus se battre. Il suffisait juste de lui faire entendre ce qu'il voulait entendre.

— Je ne sais pas comment tu as vu juste… mais bravo !

— Tu verras. Avec l'expérience, tout s'apprend. Allez, viens. On a une info capitale à transmettre.

— Et comment trouve-t-on cet étudiant en France ?

— C'est simple, ce type n'était autre que Yamakami. Quelques clics de recherche et le tour est joué.

— Yamakami ? Le célèbre Yamakami ?

— Eh oui. Tu n'aurais eu aucune chance face à lui, même avec son âge ! Une chance que ça se soit passé aujourd'hui. Il y a quelques années, tu aurais fini à l'hôpital… ou à la morgue. Ce type a une sacrée réputation. Mieux vaut ne pas le chauffer.

Le premier homme frissonna. Il suivit le deuxième en silence, réalisant qu'il avait eu beaucoup de chance.

Yamakami s'apprêtait à entrer chez lui lorsqu'il sentit soudain la pointe d'une arme contre son dos. Il s'immobilisa. Le type derrière lui n'avait pas l'intention de le tuer. Pas tout de suite, du moins. Sinon, il serait déjà mort.

Comment avait-il pu ne pas le sentir approcher ? Il devait être très fort. Ou lui s'était relativement ramolli avec l'âge.

— Puisque vous ne semblez pas vouloir me tuer, dites-moi au moins ce que vous voulez.

— Il paraît que tu as des informations pour un certain Oguri.

Yamakami frissonna. N'avait-il pas déjà donné l'information tout à l'heure ?

— Selon ta réponse, je déciderai si tu vis… ou pas.

— Oui, mais cette info, je l'ai déjà donnée à deux de ses hommes. Alors, qui êtes-vous ?

— Alors tu t'es adressé à la mauvaise personne. Parce que celui qui se tient derrière toi… c'est Yu Oguri lui-même !

Yamakami se retourna lentement. Et le vit. L'homme aux longs cheveux noirs, attachés derrière la tête. Le regard froid. L'arme toujours en main.

— Oh mon Dieu… Non… Ne me dites pas que j'ai donné l'information à des hommes de Wong…

— Je crains que si, malheureusement pour toi.

Yamakami blêmit. Il fouilla dans sa poche, sortit un crayon et une feuille. Il griffonna une adresse et la tendit à Oguri, qui n'avait pas bougé.

— C'est l'adresse de mon neveu. Sa planque en cas de problème. C'est lui qui a recueilli le jeune Haneda en banlieue parisienne. Je ne leur ai pas donné l'adresse. Vous avez toujours une longueur d'avance !

Oguri prit le papier, rangea son arme.

— Merci.

— S'il vous plaît… Faites qu'il n'arrive rien à mon neveu !

Oguri se détourna.

— Je vous en fais la promesse, Monsieur Yamakami.

Il rejoignit une voiture de luxe. Son chauffeur ouvrit la porte, Oguri entra. La voiture démarra aussitôt.

Yamakami rentra précipitamment chez lui. Il décrocha le téléphone, le cœur battant.

— Takumi ! Réponds ! Réponds-moi !

Le répondeur se déclencha.

— Takumi, c'est moi. Écoute ! J'ai fait une grosse bourde ! L'information a été donnée à la mauvaise personne ! Rends-toi à la planque le plus vite possible ! J'ai renvoyé la bonne personne à cet endroit ! Rappelle-moi dès que possible !

Il raccrocha, le souffle court.

Kai dormait profondément. Il n'entendit ni le téléphone, ni le message. Cela faisait une semaine qu'il était cloîtré chez Takumi. Il n'avait pas mis le nez dehors. Takumi lui avait prêté des vêtements. Kai dormait beaucoup. Trop.

Takumi pensait que c'était à cause des drogues qu'on lui avait administrées. Il faudrait du temps pour que son corps s'en remette.

Kai ne se réveilla que le soir, lorsque Takumi rentra avec le repas.

— Ça a été aujourd'hui ? demanda Takumi.

— Oui… J'ai encore dormi toute la journée, soupira Kai. Je n'arrête pas. Je me demande si je redeviendrai normal un jour.

— C'est que ton corps a besoin de récupérer. Tu sais depuis combien de temps tu étais leur prisonnier ?

— Je ne sais pas. J'ai été enlevé par des proxénètes. Quand ils ont entendu le nom de Wong, ils m'ont remis à lui.

— C'est bien ce que je disais. Ton histoire est digne d'un film hollywoodien.

— Moi, je voulais juste vivre tranquille. J'en ai marre de tout ça. Je ne suis pas fait pour ce monde.

— Oui, mais tu veux le revoir, ton Oguri. Je me trompe ?

Kai baissa la tête.

— Non. Tu ne te trompes pas.

— Alors, il faut attendre la réponse de mon oncle.

Ils mangèrent en silence. Takumi débarrassa, puis revint dans le salon. Il aperçut le clignotant du répondeur.

— Il y a eu un appel aujourd'hui ?

— Je ne sais pas. Je n'ai rien entendu. J'étais complètement dans les vapes.

Takumi appuya sur le bouton.

« Takumi ! C'est moi ! Écoute ! J'ai fait une grosse bourde. L'information a été donnée à la mauvaise personne ! Rends-toi à la planque le plus vite possible ! J'ai renvoyé la bonne personne à cet endroit ! Rappelle-moi dès que possible ! »

— Merde ! s'écria Takumi. Le message date de ce matin ! Viens ! dit-il à Kai.

Takumi attrapa son manteau à la hâte et tendit une veste à Kai.

— Vite, suis-moi !

Ils quittèrent l'appartement en courant. Takumi scruta la rue, l'air inquiet, puis entraîna Kai à vive allure. Ils marchèrent, coururent, prirent un bus à la volée, et descendirent cinq stations plus loin. Takumi ouvrit la porte d'un autre appartement, les mains tremblantes, et s'y enferma avec Kai.

Dans la rue, une voiture sombre se gara lentement. Trois hommes en costume noir en descendirent. Ils se dirigèrent tout droit vers l'immeuble.

Kai s'assit, les mains tremblantes.

— Je suis désolé… Si je ne m'étais pas endormi, on n'en serait pas là.

— Ce n'est pas ta faute. J'aurais dû être plus vigilant.

— On est en danger. Tu devrais partir. Je me débrouillerai.

— Ne dis pas ça ! s'écria Takumi. Si ces types te retrouvent, tu retombes entre leurs griffes !

— Moi, ils ne me tueront pas. Mais toi… ils n'hésiteront pas. Pars. Je ne veux pas être responsable de ta mort.

— Et toi ?

— Va prévenir mon oncle. Trouve une cabine téléphonique. Je ne risque rien tant que je reste ici.

— Tu ne bouges pas !

— Promis.

Takumi remit son manteau et sortit discrètement.

Quelques minutes plus tard, on frappa à la porte.

— Merde… Il a dû oublier ses clés.

Kai ouvrit. Deux hommes en costume noir le propulsèrent à l'intérieur. Il reconnut l'un d'eux. Mais ce fut le troisième qui le glaça.

— Wong ! s'écria-t-il.

— Je vois que tu t'es bien reposé pendant ces quelques jours, dit Wong en entrant.

Kai recula, mais les deux hommes le saisirent et le placèrent devant Wong.

— Je te propose un marché, dit-il avec un sourire froid. Je laisse ton petit copain en vie… à condition que tu viennes avec nous sans faire d'histoires. Sinon, je ne donne pas cher de sa peau. Tu sais que je le ferais sans hésitation, n'est-ce pas ?

Kai baissa la tête. Il n'avait pas le choix. Wong ne plaisantait pas.

Il fut traîné jusqu'à leur voiture. Installé à l'arrière, aux côtés de Wong.

Celui-ci sortit un verre et un cachet.

— Prends-le. Nous allons croiser ton ami. Ce serait dommage qu'il meure sous tes yeux.

Kai obéit. Il avala le cachet et but une gorgée d'eau.

— Bien, dit Wong. Regarde par toi-même. Je suis un homme de parole. Mais c'est bien parce que c'est toi…

La voiture démarra. Ils passèrent dans la rue suivante. Kai aperçut Takumi, qui revenait tranquillement. Son cœur se serra.

Takumi se mit à courir derrière la voiture. Le chauffeur accéléra. Ils le perdirent rapidement de vue.

Kai baissa la tête. Des vertiges l'envahirent.

— Je vois que ça commence à faire effet, dit Wong. Tu seras plus calme maintenant.

Kai appuya sa tête contre le siège. Il luttait pour rester éveillé.

— Tu verras, continua Wong. Cette fois, tu es à moi. Il est grand temps que tu comprennes à qui tu appartiens maintenant !

Kai détourna le regard. Il ne voulait plus voir cet homme. Il sombrait peu à peu.

Soudain, la voiture freina brusquement. Des coups de feu éclatèrent.

Kai sursauta. Il fut tiré hors du véhicule. Wong l'entraîna vers un entrepôt.

Kai aperçut la voiture fumante. Un groupe d'hommes armés approchait. Celui du milieu… cheveux noirs longs attachés…

— Yu… murmura-t-il.

Wong le jeta dans un coin. Kai n'avait plus de force. Il voyait flou. Il voulait rester conscient. Yu était là. Il était venu pour lui. Il s'écroula sur le sol de tout son long.

Un fracas retentit. Les tirs fusèrent. Kai rampa sur le côté, puis s'effondra, de nouveau épuisé.

Il aperçut une masse sombre s'écrouler. Les hommes de Wong étaient touchés. Wong tirait. Oguri ripostait.

Puis Wong recula brusquement. Il s'écroula. Ne bougea plus.

Oguri courut vers Kai et le prit dans ses bras.

— Kai !

— Yu… c'est bien toi ? murmura Kai, à moitié inconscient. C'est bien toi ?

— C'est fini. Il ne te fera plus jamais de mal. Je te le promets.

Kai se blottit contre lui. Il était dans les bras d'un tueur… Mais il s'y sentait en sécurité. Protégé. Aimé.

— On rentre chez nous ? demanda-t-il faiblement.

— On rentre chez nous, répondit Yu en le serrant plus fort.

Kai se laissa emporter par le sommeil. Le cœur enfin libéré.

CHAPITRE 9

Le soleil filtrait à travers les rideaux épais, dessinant des lignes dorées sur le parquet. Kai ouvrit les yeux lentement, comme s'il sortait d'un rêve trop long. Son corps était lourd, mais pour la première fois depuis des jours, il ne ressentait ni peur, ni douleur. Juste… de la fatigue.

Il tourna la tête. Une silhouette était assise sur une chaise, à quelques mètres du lit. Cheveux noirs attachés, regard concentré sur un mug fumant.

— Yu ? murmura Kai.

Oguri sursauta, renversant un peu de liquide sur son pantalon.

— Tu es réveillé ! s'exclama-t-il, en posant le mug sur la table. Attends, je t'ai fait du thé… enfin je crois.

Il lui tendit le mug avec un air incertain.

Kai le prit, le porta à ses lèvres… et s'arrêta net.

— C'est… salé ?

— Ah. Oui. J'ai peut-être confondu le sucre et le sel. Ce n'est pas marqué en japonais sur les pots, ce n'est pas ma faute !

Kai éclata de rire. Un vrai rire. Le premier depuis longtemps.

— Un grand chef de clan qui ne sait pas faire du thé… c'est rassurant.

Oguri haussa les épaules, faussement vexé.

— Je sais diriger un clan, tuer des gens, pas infuser des feuilles. C'est Asano qui sait bien le faire. Chacun son domaine.

À ce moment-là, la porte s'ouvrit brusquement.

— J'ai des croissants ! annonça Takumi, triomphant, un sac en papier à la main. Et du vrai thé, continua-t-il en jetant un bref regard à Oguri. Pas du bouillon de nouilles salé.

Il s'arrêta en voyant Kai rire joyeusement.

— Eh ben, on dirait que le miracle est arrivé !

— Ce type m'a presque empoisonné, répondit Kai en souriant. On voit qu'il n'a pas ses cuisiniers !

Ils s'installèrent autour de la petite table. Kai mordit dans un croissant chaud, ferma les yeux de plaisir.

— J'avais oublié ce que c'était… le goût de quelque chose de bon.

— Tu vas en avoir plein, dit Oguri.

— Où est Asano ?

— A l'ambassade pour refaire tes papiers. Nous sommes partis tellement vite que j'ai oublier de les emmener. Cela prendra quelques jours tout au plus. Je suis désolé, on ne peut pas rentrer tout de suite.

Le soleil était haut, mais pas agressif. Une lumière tiède baignait les rues, et l'air sentait le pain chaud et les feuilles d'été.

Kai marchait entre Oguri et Takumi, les mains dans les poches, un bonnet vissé sur la tête.

Ils passèrent devant une boulangerie Française. Kai s'arrêta, fixa la vitrine.

— Tu veux un éclair au chocolat ? proposa Oguri.

— Je veux tout. Je veux le sucre, le bruit, les gens qui râlent parce qu'il fait trop chaud. Je veux… être là.

Oguri le regarda un instant, puis entra dans la boutique sans un mot. Takumi resta dehors avec Kai, les bras croisés.

— Vous allez vous y habituer, dit-il doucement.

— À quoi ?

— À vivre. C'est plus difficile que survivre, parfois.

Kai hocha la tête. Il regarda les passants. Un enfant pleurait parce qu'il avait perdu son gâteau. Un couple se disputait à voix basse. Un vieux monsieur nourrissait des pigeons avec une précision militaire.

Tout était banal. Et tout était précieux.

Oguri ressortit avec un grand sac en papier.

— Éclair au chocolat, tarte aux fraises, et un truc bizarre à la pistache. Je ne sais pas ce que c'est, mais il avait une tête intrigante.

— Vous avez acheté toute la boulangerie ma parole !

— Tu ne voulais pas goutter à tout ? demanda celui-ci.

— Oui, mais pas tout le même jour !

Oguri regarda le sac avec une expression qui fit bien rire les deux jeunes garçons.

Ils s'assirent sur un banc, à l'ombre d'un platane. Kai mordit dans l'éclair. Le chocolat fondit sur sa langue, et il ferma les yeux.

— C'est meilleur que ce que je pensais.

Ils restèrent là, à manger, à regarder les gens passer. Et Kai se dit que peut-être, juste peut-être, il avait encore une place dans ce monde.

— Vous allez repartir bientôt ? demanda Takumi.

— D'ici un jour ou deux, répondit Oguri.

— Vous allez me manquer.

— Vous pourrez venir nous voir une fois vos études terminées, fit Oguri.

— Oui, j'aime bien la France, mais le japon me manque.

Le soir même, Oguri et Kai firent leur adieu à Takumi. Oguri le remercia chaleureusement et l'informa que lui est toute sa famille étaient désormais sous sa protection.

La nuit était tombée sur la modeste résidence ou Oguri et Kai s'étaient installé, enveloppant les murs épais dans un silence presque sacré. Les couloirs étaient calmes, les lumières tamisées. Dans le salon principal, Kai était affalé sur un canapé en cuir trop grand pour lui, un plaid sur les jambes et un livre ouvert mais oublié.

Oguri entra, les cheveux encore humides, vêtu d'un t-shirt noir et d'un pantalon de coton. Il s'arrêta un instant, observa Kai.

— Tu comptes dormir ici ? demanda-t-il.

— C'est plus simple. Et je ne veux pas m'imposer.

Oguri s'approcha, s'accouda au dossier du canapé.

— Tu ne dors plus dans le salon. À partir de ce soir, tu dors avec moi. Où que l'on soit.

Kai releva les yeux, surpris.

— Quoi ?

— Tu as besoin de sécurité. Et moi, j'ai besoin de savoir que tu vas bien. Et que tu ne fais pas une crise existentielle à trois heures du matin.

— Tu veux dire… dans le même lit ?

— Oui. Pas pour te coller. Juste pour être là. Pour que tu saches que tu n'es pas seul.

Kai resta silencieux. Il avait dormi dans des entrepôts, des voitures, des chambres d'hôtel. Mais jamais dans une chambre où quelqu'un voulait juste… veiller sur lui.

— Tu es sûr ? murmura-t-il.

— Je suis Oguri. Je suis toujours sûr.

— Même quand je ne le suis pas.

Kai esquissa un sourire.

— Tu dis ça souvent.

— Parce que c'est vrai.

Asano passa dans le couloir, s'arrêtant devant la porte ouverte.

— Désolé de vous déranger Messieurs, mais je dors dans la chambre d'à côté, alors… Parce que si vous commencez à parler dans votre sommeil, ou imaginez faire des choses insolites, je ne veux pas en être témoin.

Ce qui fit rire Oguri et Kai du même coup.

— Tu dors là où tu veux, répondit Oguri. Mais si tu entends des cris, c'est juste Kai qui rêve qu'il est poursuivi par des fantômes !

— Très drôle !

Asano disparut sans répondre.

Oguri tendit la main à Kai.

— Viens. La chambre est grande. Et je promets de ne pas te voler la couverture.

Kai hésita. Puis, il posa le livre, se leva et prit la main tendue.

La chambre qu'Oguri avait choisi était sobre, mais chaleureuse. Un lit large, des murs sombres, une lampe douce. Pas de luxe ostentatoire. Juste du calme.

Ils se glissèrent sous les draps. Pas de gestes déplacés. Juste deux corps côte à côte, deux souffles qui s'accordent.

— Tu peux dormir, dit Oguri. Je suis là.

Kai ferma les yeux. Et pour la première fois depuis longtemps, il crut Oguri sur parole.

Le matin s'était glissé dans la chambre comme un chat silencieux. La lumière filtrée par les rideaux dessinait des ombres douces sur les draps. Kai ouvrit les yeux lentement, désorienté.

Il mit quelques secondes à se rappeler où il était. La chambre. Le lit. Oguri, endormi à côté de lui, une main posée négligemment entre eux.

Kai resta immobile. Il écouta le souffle régulier d'Oguri, le silence de la résidence, le battement calme de son propre cœur.

Il n'avait pas fait de cauchemar. Pas de sursaut. Pas de sueur froide.

Juste… du sommeil.

Oguri ouvrit un œil, lentement.

— Tu m'espionnes ? murmura-t-il.

— Je vérifie que tu respires.

— Tu veux dire que tu t'inquiètes pour moi ?

— Je veux dire que tu ronfles comme un vieux moteur diesel.

Oguri sourit, s'étira, puis se leva.

— Allez, viens. On va sous la douche.

Kai se redressa, surpris.

— Ensemble ?

— Oui. C'est plus rapide. Et plus écologique. Et je veux m'assurer que tu ne t'évanouis pas sous l'eau chaude.

— Tu veux dire plutôt que tu veux me voir nu.

— Je t'ai déjà vu à moitié mort. Je pense que la nudité est un progrès.

Kai hésita. Devait-il rire ou soupirer. Puis il se leva, suivant Oguri dans la salle de bain attenante.

La pièce était spacieuse, carrelée de gris et de noir, avec une grande douche à l'italienne. La vapeur commençait déjà à s'élever.

Oguri se déshabilla sans gêne, posant ses vêtements sur une chaise. Kai, plus lentement, gardait les yeux baissés.

— Tu es pudique ? demanda Oguri.

— Je suis… rouillé.

— Tu es beau. Même rouillé.

Kai entra dans la douche, l'eau chaude coulant sur ses épaules. Oguri le rejoignit, ajustant le jet.

Ils restèrent là, un moment, sans parler. L'eau glissait sur leurs corps, la vapeur enveloppait leurs silences.

Puis Oguri tendit le flacon de shampoing.

— Tu veux que je le fasse ?

Kai le regarda. Il y avait dans ses yeux une douceur inattendue. Pas de désir brut. Juste… une attention.

— Vas-y, dit-il finalement d'une voix tremblante.

Oguri s'approcha, versa le shampoing dans sa main, et commença à masser doucement le cuir chevelu de Kai. Ses gestes étaient précis, presque tendres.

Kai ferma les yeux. Il se laissait faire. Et dans ce geste banal, il sentit quelque chose se fissurer. Une barrière. Une peur.

— Tu as des cicatrices, murmura Kai. Certaines récentes d'autres plus anciennes

— Tu les vois ? Ce sont des souvenir de guerres. C'est courant dans le milieu. D'ailleurs toi aussi tu commences à en avoir…

— J'espère bien ne pas en avoir autant que toi !

— Je l'espère bien aussi ! fit Oguri. Tu ne poses pas de questions ? Comment j'ai eu chacune d'elles ?

— Pas encore. Je veux que tu me les racontes quand tu seras prêt.

Ils restèrent là, sous l'eau, dans une bulle de chaleur et de silence. Et Kai se dit que peut-être, il n'avait pas besoin de tout savoir en une seule fois.

La salle à manger de la résidence était baignée de lumière. Une grande table en bois trônait au centre, déjà garnie de viennoiseries, fruits frais et une cafetière fumante.

Asano était là, assis, le journal plié devant lui, une tasse à la main. Il leva les yeux en voyant Kai et Oguri entrer ensemble.

— Tiens, les inséparables, lança-t-il.

— Vous avez dormi ensemble, ou vous avez fusionné pendant la nuit ?

Kai rougit légèrement, mais Oguri resta impassible.

— On a dormi. C'est tout.

Asano haussa un sourcil.

— Étonnant. Je n'ai rien entendu. Pas un cri, pas un soupir, pas même un "tu prends toute la couverture".

— On a dormi comme des pierres, répondit Kai en s'asseyant.

— Des pierres… ou des chats collés l'un à l'autre ?

Oguri servit le café, sans répondre.

—Tu deviens fort curieux Asano.

— Je suis observateur. Je dois l'être pour mieux te servir et mieux vous protéger. Et je note que Kai a l'air… reposé. Presque heureux. C'est suspect.

Kai mordit dans un croissant, essayant de cacher son sourire.

— Peut-être que le shampoing à la lavande a des effets secondaires.

— Ou peut-être que dormir dans les bras d'un tueur professionnel est plus rassurant que prévu.

Oguri s'assit à son tour, croisa les bras.

—Tu veux qu'on t'invite la prochaine fois ?

Asano leva les mains. Kai jeta un œil surpris à Oguri.

— Non merci. Je dors très bien tout seul ! Merci. Et je tiens à mon intégrité physique et émotionnelle.

Kai éclata de rire.

— Vous êtes jaloux ?

— Je suis réaliste. Et je sais reconnaître un début de romance quand je le vois.

Oguri leva les yeux au ciel.

—Tu lis trop de romans policiers.

— Et vous, vous faites trop de gestes tendres pour un homme censé être froid.

Kai baissa les yeux, un peu gêné. Mais Oguri posa une main sur son bras, doucement.

— Il est là. Il est vivant. Et il a le droit de rire pendant le petit-déjeuner.

Asano sourit, rare et discret.

— Alors, mangez. Et profitez. Parce que dans une heure, je vous traîne à l'entraînement. Et là, je serai beaucoup moins tendre.

Kai soupira. Il avait été prévu qu'il commencerait à apprendre à se défendre. Dans le milieu c'était une question de survie.

— Je savais que le bonheur avait une durée limitée.

— Exactement, répondit Asano. Bienvenue dans la vraie vie. Bienvenue dans le clan Oguri.

CHAPITRE 10

Le soleil était à peine levé quand Kai reçut l'appel téléphonique. Ils étaient rentrés de Paris la veille. Asano lui tendit le téléphone visiblement inquiet.

— Monsieur Kai, ici le commissariat de Tokyo. Vous êtes prié de vous présenter au commissariat central à neuf heures. Vous n'êtes pas obligé de venir, mais dans ce cas, nous vous enverrons une convocation officielle. Il s'agit d'une enquête en cours. Votre présence est requise.

La voix était sèche, impersonnelle. Kai sentit son estomac se nouer. Il jeta un regard à Oguri, qui était déjà debout, en train de boire son thé.

— C'est la police, murmura Kai. Ils veulent me voir.

Oguri ne dit rien pendant quelques secondes. Puis, il posa sa tasse vide, lentement.

— Tu veux que je t'accompagne ?

— Non. Si tu viens, ils vont croire que tu les défis ou que tu vas m'influencer. Je vais y aller seul.

Oguri s'approcha, posa une main sur son épaule.

— Dans ce cas, Asano va t'accompagner. Tu sais quoi dire. Et surtout, ce que tu ne dois pas dire. Ils veulent sûrement me faire plonger.

Kai hocha la tête, le cœur battant.

Le bâtiment était gris, austère. Kai entra, les mains moites, le souffle court.

On le fit attendre dans une salle sans fenêtre, avec une table métallique et deux chaises. Un policier entra, grand, sec, les yeux froids.

— Inspecteur Sato, dit-il en s'asseyant. Vous êtes Kai Kaneda, c'est ça ? L'ami du fameux Oguri. Ou devrais-je dire maintenant petit ami ?

Kai ne répondit pas. Cet inspecteur savait pertinemment qui il était. Qui annonçait une suite peu réjouissante pour ce qui allait suivre. Il était à peine arrivé que déjà cet inspecteur se permettait de lui manquer de respect. Se rendait-il compte à qui il s'adressait ?

— Vous savez pourquoi vous êtes là ?

— Non.

Sato, lui, tournait autour de la table comme un vautour.

— Vous êtes lié à un homme soupçonné d'avoir commis plusieurs homicides. Vous vivez avec lui. Vous dormez avec lui. Vous le couvrez ?

Kai serra les poings. Oguri avait raison. Cet homme souhaitait faire tomber Oguri en l'utilisant.

Il pensait sans doute comme la plupart des gens qui avaient connu Kai quelques mois auparavant, à avoir à faire à ce jeune garçon frêle et peureux. Il espérait ainsi l'utiliser pour faire tomber le grand Oguri. Sans doute pour obtenir une éventuelle promotion… Kai ne lui donnerait pas cette occasion. Pour cela, il devait faire extrêmement attention à ce qu'il allait répondre.

— Je ne couvre personne.

Sato sourit, un sourire carnassier.

— Vous savez, les gens comme vous… Les petits protégés. Ils finissent toujours par parler. Par craquer à un moment donné.

Il se pencha.

— Vous avez peur de lui ? Il vous menace ? Il vous manipule ?

Kai le regarda droit dans les yeux. Cet homme espérait lui faire peur ? Il était bien mal tombé.

— Non. Je suis là parce que je le veux. Pas parce que je suis forcé.

Sato tapa du poing sur la table. Il savait que son temps était limité. Il devait faire craquer ce jeune homme et au plus vite !

— Ne jouez pas au malin avec moi ! Vous croyez qu'il vous aime ? C'est un tueur. Il vous utilise ! Une fois qu'il en aura fini avec vous, il vous jettera comme une chaussette ! Et il passera au suivant !

Sato commençait à perdre patience. On lui avait décrit un jeune homme peureux et celui qui se trouvait devant lui était tout l'inverse ! Il gardait son calme, ne cédait pas aux menaces…

Kai sentit la colère monter.

— Vous ne le connaissez pas !

— Et vous, vous le connaissez ? Vous croyez qu'un homme comme lui peut changer ?

Kai se leva d'un air dépité, comme si on lui faisait perdre son temps.

— Si vous avez des preuves, arrêtez-le. Sinon, arrêtez de me harceler !

Sato se rapprocha du jeune homme, menaçant.

— Vous croyez que vous êtes intouchable ? Vous croyez qu'il va venir vous sauver ?

La porte s'ouvrit brusquement, faisant sursauter tout le monde.

Un homme d'un âge mûr entra, costume impeccable, regard perçant.

— Inspecteur Sato, ça suffit !

Sato se figea. Il avait perdu. Il n'avait pas eu assez de temps.

— Commissaire Youri… Je ne savais pas que vous étiez…

— En charge de ce dossier ? Je le suis. Et je vous retire immédiatement de cette enquête ! Cet homme que vous tentez de faire tomber travaille avec nous sur bien des affaires !

— Je suis désolé, je ne savais pas, je…

— Avant de mener une enquête non officielle, vous devriez vous renseigner ! Dehors !

Le commissaire s'éclipsa rapidement.

Kai recula, surpris.

Youri s'approcha de lui.

— Monsieur Kai, je vous présente toutes mes excuses. Cette convocation était abusive et n'aurait jamais dû avoir lieu. Je ferai en sorte que cela ne se reproduise plus. Vous êtes libre de partir. Et dites à Oguri… que … certaines dettes sont honorées.

Kai hocha la tête, encore sous le choc. Il n'attendit pas plus longtemps pour quitter les lieux. Il n'avait surtout pas envie d'entendre ce policier se faire sermonner par un supérieur haut gradé. Nul doute qu'il allait passer un sale quart d'heure.

Le trajet du retour se fit en silence. Asano conduisait, les yeux rivés sur la route. Kai regardait par la fenêtre, les pensées en vrac.

Quand ils arrivèrent à la résidence, Oguri était déjà là. Il attendait dans le jardin, assis sur le banc de pierre, l'air calme mais tendu en même temps.

Kai descendit de la voiture, hésitant. Oguri se leva, s'approcha lentement.

— Tu vas bien ? demanda-t-il, la voix basse. Finalement, ils t'ont relâché plus tôt que je ne l'aurais pensé ! Que s'est-il passé ?

Kai hocha la tête.

— Ils ont essayé de me faire parler. Mais un inspecteur est arrivé à l'improviste et a pris ta défense.

— Un inspecteur ? Me défendre ?

Asano fronça les sourcils, se demandant bien s'il avait bien entendu. Un inspecteur avait défendu le chef du clan Oguri ?

— Oui, un certain Youri, informa Kai. Vous le connaissez ?

Oguri regarda son homme de main, visiblement surpris lui aussi.

—Oui. On l'a connu. Il y a longtemps. J'aurais pu le tuer. Il était blessé et désarmé. On s'était battu entre clans à l'époque et la police est intervenue en plein milieu de la bataille. C'était un vrai bazar à l'époque. Rien ne s'était passé comme prévu. Ça finit en bain de sang entre policiers, civils et certains membres de clan. C'était un jeune inspecteur à l'époque. Un inspecteur plein de vie. Mais je ne l'ai pas fait. Je l'ai caché pour qu'il ne soit pas exécuté par l'autre clan.

Asano ne répondit pas tout de suite. Il observait Oguri, comme s'il cherchait quelque chose dans ses yeux.

— Vous avez pris des risques ce jour-là. D'autant plus qu'il avait dû voir votre visage.

— Je sais. Mais je ne pouvais pas tuer un homme qui était désarmé. J'ai appris plus tard qu'il avait une famille. Une femme et deux enfants.

— Si vous ne l'aviez pas fait, cela aurait mis Kai en danger. Par votre geste, vous avez sauvé plusieurs personnes.

— Je sais.

Un silence s'installa.

Kai les regardait tous les deux, comme s'il assistait à une scène trop ancienne pour lui.

Asano s'approcha d'Oguri, à quelques centimètres.

— Vous avez bien fait. Même si j'étais contre à l'époque.

Oguri baissa les yeux.

— Je ne suis pas un héros, Asano. Je ne l'ai jamais été. Je suis juste un chef de clan. Et je dois agir en tant que tel.

— Non. Mais vous êtes un homme. La preuve. C'est pour cette raison que je travaille avec vous depuis toutes ces années et que je vous respecte.

Kai intervint, doucement.

— Il est là. Il m'a protégé. Il m'a aimé. C'est déjà beaucoup.

Asano le regarda, puis posa de nouveau son regard sur Oguri.

— Alors, faites en sorte que ça dure. Parce que si vous le perdez, vous ne vous relèverez pas.

Oguri acquiesça, silencieux.

Asano se tourna vers Kai.

—Vous êtes bien plus fort que vous ne le croyez. Ne laissez personne vous faire douter de ça.

Puis il s'éloigna, sans un mot de plus.

La nuit tomba sur la résidence. Kai était allongé dans le lit, Oguri à ses côtés.

— Tu regrettes ? demanda Kai.

— De t'avoir laissé y aller seul ? Oui.

— Mais tu savais que Asano serait là. Qu'il ne me laisserait pas tomber.

— Je le savais.

Kai se tourna vers lui.

— Tu crois qu'on peut vraiment avoir une vie normale maintenant ?

Oguri sourit tristement.

— Je ne sais pas ce que "normal" veut dire. Mais je sais que je veux une vie avec toi.

Kai posa sa tête contre son torse.

— Alors, on fera avec.

Le silence s'installa, doux cette fois.

Et dans l'obscurité, deux âmes cabossées trouvèrent un peu de paix.

CHAPITRE 11

Le printemps s'était installé doucement sur la ville. Les cerisiers en fleur bordaient les rues, et l'air avait cette douceur particulière des jours où rien ne presse.

Kai marchait seul, pour la première fois depuis longtemps. Oguri l'avait laissé partir seul, non sans une ombre d'inquiétude dans le regard.

— Tu es sûr ? avait-il demandé.

— Je dois le faire. Juste une heure. Pour moi.

Il portait un manteau léger, ses cheveux fraîchement coupés flottant au vent. Il avait choisi un quartier calme, loin des regards, loin des souvenirs.

Mais les souvenirs, eux, ne l'avaient pas quitté.

Il s'arrêta devant une petite librairie. Le genre de lieu qu'il aurait fréquenté autrefois. Il entra, le cœur battant.

— Bonjour, dit une voix familière.

Kai se figea. Son cœur fit un bond dans sa poitrine.

— Monsieur Aida ?

L'homme leva les yeux. C'était lui. Son ancien éducateur. Celui qu'il avait aimé en silence.

— Kai ? C'est bien toi ?

Kai hocha la tête, incapable de parler.

— Tu as changé… Tu vas bien ?

— Je… Je suis vivant.

Ils s'assirent dans un coin de la boutique. Kai raconta. Pas tout. Juste assez.

— Tu as traversé l'enfer, murmura Aida. Et pourtant, tu es là.

— Je ne sais pas si je suis entier.

— Personne ne l'est. Mais tu es debout. Et c'est déjà beaucoup. Tu as bien changé apparemment. Tu parais plus sûr. Plus mature.

Ils parlèrent longtemps. Puis Kai se leva.

— Merci. Pour les livres. Pour les souvenirs. Pour tout.

— Tu sais où me trouver, dit Aida en souriant.

Kai sortit, le cœur plus léger. Il marcha jusqu'au bord de la rivière, s'assit sur un banc.

Oguri le rejoignit peu après, silencieux.

— Tu l'as vu ?

— Oui. Vous saviez ?

— Oui. Et ?

— Il m'a rappelé qui j'étais. Avant tout ça. Il m'a fait comprendre ce que je suis maintenant.

Oguri s'assit à côté de lui.

— Moi, je ne sais plus qui j'étais. Avant toi.

Kai tourna la tête.

— Tu veux me parler de ton passé ?

Oguri hocha la tête.

— Mon père était chef de clan. Il m'a élevé dans la peur, la discipline, la violence. J'ai appris à tuer avant d'apprendre à aimer. Et quand Wong l'a fait tuer… j'ai perdu tout repère.

— Tu l'aimais ?

— Je le respectais. Mais je ne voulais pas devenir lui. Et pourtant… je suis devenu pire parfois de bien des façons.

Kai posa une main sur la sienne.

— Tu n'es pas ton père. Tu m'as sauvé. Tu m'as aimé. Tu m'as laissé le choix.

Oguri baissa les yeux.

— J'ai des cicatrices. Des vraies. Des profondes.

— Moi aussi. A croire que nous les collectionnons.

Ce qui les fit sourire.

Ils se regardèrent. Longtemps. Puis Oguri se leva.

— Viens. Je veux te montrer quelque chose.

Ils marchèrent jusqu'à un temple abandonné, en haut d'une colline. Oguri poussa la porte. À l'intérieur, des lanternes, des papiers pliés, des vœux accrochés.

— C'est ici que je venais quand j'étais enfant. Pour rêver d'une autre vie.

Kai s'approcha d'un mur. Il y avait un vœu, écrit à la main.

« Trouver quelqu'un qui me regarde sans peur. »

— C'est toi qui l'as écrit ?

— Oui. Il y a longtemps.

Kai le regarda.

— Tu l'as trouvé. Cette personne.

Oguri sourit.

— Oui. Et je ne veux plus la perdre.

— J'ai fait un vœu similaire, il y a longtemps. Je ne pensais pas qu'il se réaliserait un jour.

— Comme quoi, il ne faut jamais perde espoir.

Ils restèrent là, dans le silence du temple, les mains liées.

Le soir, de retour à la résidence, Kai entra dans la chambre. Il se déshabilla lentement, sans gêne. Oguri le regardait, immobile.

— Je suis prêt, dit Kai.

— Tu es sûr ?

— Je veux que ce soit toi. Pas parce que je suis brisé. Mais parce que je suis entier. Grâce à toi.

Oguri s'approcha, posa une main sur sa joue.

— Alors je te promets… que ce sera doux. Que ce sera vrai.

Ils s'allongèrent, les corps proches, les cœurs accordés.

Et dans cette nuit-là, il n'y eut ni peur, ni douleur.

Juste deux âmes qui s'étaient trouvées.

Et qui, enfin, s'aimaient.

FIN

Remerciements

Ce roman fait partie des tout premiers que j'ai écrits, il y a environ dix ans. Bien qu'il partage la même trame que *Lié à un Yakuza*, j'ai choisi de le conserver. Ce choix m'a valu quelques critiques à l'époque, mais je ne voulais pas que l'histoire de Kai et d'Oguri tombe dans l'oubli.

Un auteur vit avec ses personnages. Il tisse avec eux un lien intime, presque indélébile. Ils grandissent avec lui, le hantent parfois, mais ne disparaissent jamais vraiment.

Merci à celles et ceux qui auront compris cela.

Sarah-Lyne Ishikawa